CUENTOS ILUSTRES
SAKI

ALMA CLÁSICOS ILUSTRADOS

CUENTOS ILUSTRES
SAKI

Traducción de
Carlos Mayor y José Luis Piquero

Ilustrado por
Jacobo Muñiz

© de esta edición:
Editorial Alma
Anders Producciones S.L., 2022
www.editorialalma.com

 @almaeditorial

© Traducción de José Luis Piquero *(La reticencia de Lady Anne, La catástrofe de un joven turco, Gabriel Ernesto, El alma de Laploshka, El ratón, Tobermory, La jauría del destino)* y Carlos Mayor *(Esmé, Sredni Vashtar, El huevo de Pascua, El barco del tesoro, El método Schartz-Metterklume, El cuentista, La puerta abierta, La cuadratura del huevo)* cedida por Sureda 57 Libros, S.L., 2020

© de las ilustraciones: Jacobo Muñiz

Diseño de la colección: lookatcia.com
Diseño de cubierta: lookatcia.com
Maquetación y revisión: LocTeam, S.L.

ISBN: 978-84-18395-29-1
Depósito legal: B14503-2022

Impreso en España
Printed in Spain

Este libro contiene papel de color natural de alta calidad que no amarillea (deterioro por oxidación) con el paso del tiempo y proviene de bosques gestionados de manera sostenible.

ÍNDICE

LA RETICENCIA DE
LADY ANNE

E gbert entró en el amplio salón apenas iluminado con el aire de un hombre que no está seguro de si estará entrando en un palomar o en una fábrica de bombas y está preparado para cualquier eventualidad. La pequeña discusión doméstica durante el almuerzo no había llegado a un final definitivo y la cuestión era si lady Anne tendría ganas de reanudar o de cesar las hostilidades. Su postura en la butaca, junto a la mesa de té, era elaboradamente rígida; en la penumbra de la tarde de diciembre, los quevedos de Egbert no le servían, materialmente, para discernir la expresión de su cara.

Con el objeto de romper cualquier hielo que flotase en la superficie, hizo un comentario sobre la tonalidad religiosa de la luz. Él o lady Anne estaban acostumbrados a hacer ese comentario entre las cuatro y media y las seis de los atardeceres de finales de otoño e invierno; formaba parte de su vida matrimonial. No tenía réplica conocida y lady Anne no emitió ninguna. Don Tarquinio yacía estirado sobre la alfombra persa, disfrutando del fuego con una magnífica indiferencia hacia el posible mal humor de lady Anne. Su pedigrí era tan intachablemente persa como el de la alfombra y su pelaje estaba llegando a la gloria de su segundo invierno. El paje, que tenía tendencias renacentistas, lo había bautizado como Don Tarquinio. Por su parte, Egbert y lady Anne le hubieran llamado indefectiblemente Fluff, pero no eran obstinados.

Egbert se sirvió un poco de té. Como el silencio no parecía ir a romperse por iniciativa de lady Anne, se dispuso para un nuevo esfuerzo a lo Yermak.[1]

—Mi comentario durante el almuerzo tenía una aplicación puramente académica —anunció—. Pareces darle un innecesario significado personal.

Lady Anne mantuvo su barrera defensiva de silencio. El pinzón llenó perezosamente el intervalo con un fragmento de *Ifigenia en Táuride*. Egbert lo reconoció de inmediato porque era el único fragmento que el pinzón silbaba y lo habían adquirido por la reputación de que lo hacía. Tanto Egbert como lady Anne hubieran preferido algo de *El vasallo de la guardia*, que era su ópera favorita. En materia artística tenían unos gustos similares. Se inclinaban por lo honesto y explícito, una pintura, por ejemplo, que contara su propia historia con la generosa ayuda de su título. Un caballo de batalla ensillado y sin jinete, en evidente desorden, entrando tambaleante en un patio lleno de pálidas mujeres a punto de desvanecerse y con el título al margen de «Malas noticias» sugería en sus pensamientos la clara interpretación de alguna catástrofe militar. Podían ver lo que trataba de expresar y explicárselo a amigos de inteligencia más corta.

El silencio continuó. Por norma, el desagrado de lady Anne se articulaba veleidosamente tras cuatro minutos de mutismo introductorio. Egbert cogió la jarra de leche y vertió parte de su contenido en el plato de Don Tarquinio; como el plato ya estaba lleno hasta rebosar, el resultado fue un antiestético derramamiento. Don Tarquinio alzó la vista con un sorprendido interés que se desvaneció hasta convertirse en elaborada inconsciencia cuando fue llamado por Egbert para beber del charquito. Don Tarquinio estaba preparado para interpretar muchos papeles en la vida, pero limpiador de alfombras no era uno de ellos.

—¿No crees que nos estamos comportando como dos tontos? —dijo Egbert jovialmente.

---

1 Yermak Timoféyevich (1532-1585) fue un líder cosaco, el primero en explorar la región de Siberia.

Si lady Anne lo creía, no lo dijo.

—Me atrevo a decir que la culpa ha sido en parte mía —prosiguió Egbert mientras se evaporaba su jovialidad—. Después de todo, soy humano, ya lo sabes. Pareces olvidar que soy humano.

Insistió en ese punto, como si hubiera habido infundadas sugerencias de que procediera de una línea de sátiros, con extremidades de cabra donde debían estar las humanas.

El pinzón reanudó su fragmento de *Ifigenia en Táuride*. Egbert empezó a sentirse abatido. Lady Anne no se tomaba su té. Quizá se sentía indispuesta. Pero cuando lady Anne se sentía indispuesta no acostumbraba a ser reticente al respecto. «Nadie sabe lo que sufro con la indigestión» era una de sus sentencias favoritas; pero la ausencia de conocimiento solo podía tener su origen en una atención deficiente: la cantidad de información disponible al respecto podría proporcionar material para una monografía.

Evidentemente, lady Anne no se sentía indispuesta.

Egbert empezaba a pensar que no estaba siendo tratado de un modo razonable; naturalmente, se dispuso a hacer concesiones.

—Me atrevo a decir —observó tomando posiciones en la alfombra de la chimenea tanto como podía persuadirse a Don Tarquinio de que lo permitiera— que puedo tener la culpa. Estoy dispuesto, si con ello consigo que las cosas adopten una perspectiva más feliz, a prometer que llevaré una vida mejor.

Se preguntaba vagamente cómo podría ser eso posible. Las tentaciones, a su edad, se le presentaban con indecisión y sin insistencia, como un carnicero descuidado que pidiera el aguinaldo en febrero por la no más ilusoria razón de no haberlo obtenido en diciembre. No tenía más intención de sucumbir a ellas que de adquirir los cuchillos de pescado y las boas de piel que las damas se ven obligadas a sacrificar a través de anuncios de prensa durante los doce meses del año. Aun así, había algo admirable en esa renuncia —que nadie le exigía— a posibles atrocidades latentes.

Lady Anne no dio la impresión de estar admirada.

Egbert la miró nerviosamente a través de sus gafas. Llevarse la peor parte de una discusión con ella no era una experiencia nueva. Llevarse la peor parte de un monólogo era una humillante novedad.

—Iré a vestirme para la cena —anunció con una voz en la que intentó que resonase alguna nota de severidad.

Ya en la puerta, un acceso final de debilidad le impelió a hacer un último llamamiento.

—¿No estamos siendo muy tontos?

«Un tonto» fue el comentario que hizo mentalmente Don Tarquinio cuando la puerta se cerró tras Egbert. Luego alzó sus patitas de terciopelo en el aire y dio un ligero salto para subirse a una estantería que estaba justo debajo de la jaula del pinzón. Era la primera vez que parecía notar la existencia del pájaro, pero estaba llevando a cabo una acción largamente planeada con la precisión de una deliberación ya madura. El pinzón, que había llegado a creerse una especie de déspota, se hundió de pronto hasta reducirse a un tercio de su tamaño normal; luego se lanzó a un desamparado aleteo y empezó a piar agudamente. Había costado veintisiete chelines sin la jaula, pero lady Anne no hizo ademán de intervenir. Llevaba muerta dos horas.

LA CATÁSTROFE DE UN JOVEN TURCO

EN DOS ACTOS

El ministro de las Bellas Artes (a cuyo departamento había sido recientemente adscrita la nueva subdirección de Ingeniería Electoral) hizo una visita de trabajo al gran visir. De acuerdo con la etiqueta de Oriente, conversaron durante un rato sobre varios temas indiferentes. El ministro solo se contuvo a tiempo de hacer un comentario de pasada a las carreras de maratón, recordando que el visir tenía una abuela persa y podría considerar cualquier alusión a Maratón como una falta de tacto. Poco después, el ministro llegó al objeto de la entrevista.

—Bajo la nueva Constitución, ¿tendrán voto las mujeres? —preguntó de pronto.

—¿Voto? ¿Las mujeres? —exclamó el visir atónito—. Mi querido Pasha, las nuevas disposiciones tienen cierto regusto absurdo tal y como están; no vayamos a hacerlas totalmente ridículas. Las mujeres no tienen alma ni inteligencia. ¿Por qué demonios habrían de tener voto?

—Sé que suena absurdo —dijo el ministro—, pero en Occidente lo están considerando muy en serio.

—Entonces han de tener un bagaje de seriedad mayor que el que les suponía. Tras toda una vida de exquisito esfuerzo por mantener mi gravedad casi no puedo evitar la tentación de sonreír ante la sugerencia. Vaya, si nuestras mujeres, en la mayoría de los casos, no saben leer ni escribir, ¿cómo se las arreglarán para emitir un voto?

—Pueden mostrárseles los nombres de los candidatos y el lugar donde poner su cruz.

—¿Cómo dice? —interrumpió el visir.

—Su media luna, quería decir —corrigió el ministro—. Sería del agrado del Partido de los Jóvenes Turcos —añadió.

—Oh, bien —dijo el visir—, si hay que zanjar la disputa que se prepare la... —se detuvo como si fuera a decir el nombre de un animal impuro y prosiguió—: cuestión. Daré instrucciones para que se les conceda el voto a las mujeres.

La jornada electoral estaba llegando a su fin en el distrito de Lakoumistán. Se sabía que el candidato del Partido de los Jóvenes Turcos iba en cabeza por trescientos o cuatrocientos votos y ya casi estaba preparando su discurso de agradecimiento a los votantes. Su victoria era algo previsible, ya que había puesto en movimiento toda la maquinaria electoral que triunfaba en Occidente. Había empleado incluso automóviles. Pocos de sus votantes habían acudido a las urnas en esos vehículos, pero, gracias a la inteligente conducción de los chóferes, muchos de sus oponentes habían acabado en la tumba o en los hospitales locales, o bien se habían abstenido. Y entonces ocurrió algo inesperado. El candidato rival, Alí, *el Bendito,* llegó al colegio electoral con sus mujeres y esposas, que podían ser, más o menos, unas seiscientas. Alí había empleado muy poco esfuerzo en propaganda electoral, pero se le había oído señalar que cada voto entregado a su rival era otro saco arrojado al Bósforo. El candidato del Partido de los Jóvenes Turcos, que se había adecuado a la costumbre occidental de tener una sola esposa y casi ninguna concubina, se quedó mirando con aire desvalido mientras la urna de su adversario se hinchaba hasta una triunfante mayoría.

—¡Cristopher Colón! —exclamó, invocando algo confusamente el nombre de un distinguido pionero—. ¿Quién lo hubiera pensado?

—Extraño —reflexionó Alí— que alguien que arengaba con tanto ardor sobre el voto secreto pasara por alto el voto velado.

Y, de camino a casa con sus electoras, murmuró para su caletre una improvisación sobre el herético poeta de Persia:

Uno, rico en metáforas, impulsa su causa
con agudas palabras, como puñales de Kabul;
y yo, que le gané en este lamentable juego,
nunca fui rico en nada salvo en esposas.

GABRIEL ERNESTO

—Hay una bestia salvaje en sus bosques —dijo el artista Cunningham mientras le llevaban en coche a la estación. Era el único comentario que había hecho durante el trayecto, pero, como Van Cheele había hablado sin parar, el silencio de su acompañante no se había notado.

—Uno o dos zorros perdidos y alguna comadreja que viva por allí. Nada más grande —dijo Van Cheele.

El artista no respondió.

—¿Qué quiere decir con una bestia salvaje? —dijo Van Cheele algo más tarde, cuando ya estaban en el andén.

—Nada. Imaginaciones mías. Aquí está el tren —dijo Cunningham.

Esa tarde, Van Cheele fue a dar uno de sus frecuentes paseos por los bosques de su propiedad. Tenía un avetoro disecado en su despacho y conocía los nombres de un buen número de flores silvestres, por lo que tal vez estaba algo justificado que su tía lo describiera como un gran naturalista. En todo caso, era un gran caminante. Tenía por costumbre tomar notas mentales de todo lo que veía durante sus caminatas, no tanto con el propósito de ayudar a la ciencia contemporánea como para tener temas de conversación más tarde. Cuando las campanillas empezaron a florecer, él se hizo el propósito de informar del hecho a todo el mundo. La estación del año debería haber advertido a sus oyentes de la posibilidad de tal ocurrencia, pero al menos sintieron que estaba siendo absolutamente franco con ellos.

Lo que Van Cheele vio esa tarde en particular fue, sin embargo, algo muy lejano del ámbito ordinario de su experiencia. En el saliente de una roca lisa que sobresalía de un profundo estanque en el claro de un bosquecillo de robles estaba tumbado un muchacho de unos dieciséis años secando lujuriosamente al sol sus morenos miembros mojados. Su pelo húmedo, alisado por una reciente zambullida, caía a los lados de su cabeza y sus ojos de color marrón claro, tan claro que casi tenían el fulgor de los de un tigre, estaban vueltos hacia Van Cheele con cierta indolente fijeza. Era una aparición inesperada y Van Cheele se enredó en el novedoso proceso de pensar antes de hablar. ¿De dónde demonios había salido aquel muchacho de aspecto salvaje? La mujer del molinero había perdido un niño hacía un par de meses, supuestamente arrastrado por el agua del caz, pero aquel era solo un bebé, no un chico ya crecido.

—¿Qué haces ahí? —preguntó.

—Obviamente, tomando el sol —replicó el muchacho.

—¿Dónde vives?

—Aquí, en este bosque.

—No puedes vivir en el bosque —dijo Van Cheele.

—Es un bosque muy bonito —dijo el muchacho con un toque de orgullo en la voz.

—Pero ¿dónde duermes por las noches?

—No duermo por las noches; es cuando estoy más ocupado.

Van Cheele empezaba a pensar con irritación que estaba forcejeando con un problema que lo estaba esquivando.

—¿De qué te alimentas? —preguntó.

—De carne —dijo el muchacho, y pronunció la palabra con lento deleite, como si la paladeara.

—¡Carne! ¿Qué carne?

—Ya que le interesa saberlo, conejos, aves silvestres, liebres, pollos, corderos en su estación, niños si encuentro alguno... Suelen estar muy bien resguardados por las noches, cuando suelo salir de caza. Hará como dos meses que no pruebo carne de niño.

Ignorando el tono burlón del último comentario, Van Cheele trató de llevar al muchacho al asunto de la posible caza furtiva.

—Me pareces un poco sabihondo cuando hablas de cazar liebres —considerando la naturaleza del atuendo del muchacho, el símil no era el más adecuado—.[2] Las liebres de nuestras colinas no se cazan tan fácilmente.

—Por las noches cazo a cuatro patas —fue la respuesta, algo críptica.

—Supongo que quieres decir que cazas con un perro —aventuró Van Cheele.

El muchacho rodó lentamente sobre su espalda y emitió una extraña risa grave, que sonaba agradablemente como una risita y desagradablemente como un gruñido.

—No creo que ningún perro se mostrara ansioso por estar en mi compañía, especialmente por la noche.

Van Cheele empezaba a sentir que había algo realmente misterioso en aquel joven de ojos extraños que hablaba de manera extraña.

—No puedo permitir que estés en estos bosques —declaró autoritario.

—Creo que preferiría tenerme aquí que en su casa —dijo el muchacho.

La posibilidad de tener a aquel animal desnudo y salvaje en su casa primorosamente ordenada sonaba ciertamente alarmante.

—Si no te vas tendré que obligarte a hacerlo —dijo Van Cheele.

El muchacho se volvió como un rayo, se sumergió en el estanque y en un momento su mojado y brillante cuerpo había recorrido la mitad de la distancia que lo separaba de la orilla en que se situaba Van Cheele. En una nutria, aquella presteza no habría sido notable; en un muchacho, Van Cheele la encontró bastante asombrosa. Sus pies resbalaron al hacer un involuntario movimiento de retroceso y se encontró casi postrado en la resbaladiza

---

2   La expresión que ha usado Van Cheele, «talk through your hat», con el sentido de hablar con jactanciosidad o ser un sabihondo, se traduciría literalmente por «hablar con el sombrero puesto».

orilla cubierta de musgo, con aquellos atigrados ojos amarillentos no muy lejos de él. Casi instintivamente, medio se llevó la mano a la garganta. El muchacho volvió a reír, una risa en la que el gruñido casi había desplazado a la risita, y luego, con otro de sus sorprendentes movimientos fulgurantes, se perdió de vista entre una espesa maraña de maleza y helechos.

—¡Qué animal salvaje tan extraordinario! —dijo Van Cheele mientras se levantaba. Y luego recordó el comentario de Cunningham: «Hay una bestia salvaje en sus bosques».

Caminando lentamente hacia casa, Van Cheele empezó a repasar mentalmente varios sucesos locales en los que podría rastrearse la existencia de aquel increíble joven salvaje.

Algo había hecho disminuir últimamente la caza en los bosques, habían desaparecido pollos de las granjas, las liebres habían empezado a escasear notablemente y le habían llegado quejas sobre corderos encontrados con graves heridas en las colinas. ¿Era posible que este muchacho salvaje anduviera realmente cazando en el campo con algún perro bien entrenado? Había dicho que cazaba por la noche «a cuatro patas», pero también había insinuado misteriosamente que ningún perro se acercaría a él, «especialmente por la noche». Era realmente intrigante. Y entonces, mientras Van Cheele rescataba de su memoria los diversos actos de depredación cometidos en los dos últimos meses, algo le hizo detener en seco tanto sus pies como sus especulaciones. Aquel niño desaparecido en el molino dos meses atrás... La teoría aceptada era que se había caído al caz y la corriente se lo había llevado, pero la madre siempre aseguró haber oído un grito en la ladera junto a la casa, en dirección opuesta al agua. Era impensable, por supuesto, pero habría querido que el muchacho no hubiera hecho aquel misterioso comentario sobre haber comido carne de niño dos meses atrás. Esas cosas espantosas no debían decirse ni en broma.

Van Cheele, contrariamente a su costumbre, no se sentía muy dispuesto a mostrarse comunicativo respecto a su descubrimiento en el bosque. Su posición como concejal del distrito y juez de paz parecía quedar de algún modo en entredicho por el hecho de estar dando cobijo en su propiedad a un personaje de tan dudosa reputación. Había incluso la posibilidad de que llegase a su puerta una considerable factura por daños a corderos y pollos asaltados. Esa noche, durante la cena, estaba inusualmente silencioso.

—¿Te has quedado sin voz? —dijo su tía—. Parece que hubieras visto al lobo.

Van Cheele, que no estaba familiarizado con el antiguo dicho, encontró el comentario bastante estúpido: si hubiera visto un lobo en su propiedad, su lengua habría estado extraordinariamente ocupada comentándolo.

A la mañana siguiente, durante el desayuno, Van Cheele se dio cuenta de que su sentimiento de inquietud de la víspera no se había disipado del todo y resolvió ir en tren hasta la capital cercana, buscar a Cunningham y enterarse de qué había visto realmente para hacer aquel comentario sobre una bestia salvaje en los bosques. Tomada esta resolución, recuperó en parte su jovialidad habitual y se puso a tararear una cancioncilla ligera mientras se dirigía al saloncito para fumarse su cigarrillo de costumbre. Al entrar en el cuarto, la melodía fue abruptamente sustituida por una piadosa exclamación. Tumbado graciosamente en el sofá turco, en una actitud de reposo casi exagerada, se encontraba el muchacho del bosque. Estaba más seco que la última vez que Van Cheele lo viera, pero ninguna otra diferencia podía apreciarse en su atavío.

—¿Cómo te atreves a venir aquí? —preguntó Van Cheele furioso.

—Usted me dijo que no estuviera en los bosques —dijo el muchacho con calma.

—Pero no que vinieras aquí. Suponte que te viera mi tía.

Y con el objeto de minimizar en lo posible la catástrofe, Van Cheele tapó apresuradamente cuanto pudo a su inoportuno visitante bajo las páginas de un ejemplar del *Morning Post*. En ese momento, su tía entró en la salita.

—Este es un pobre muchacho que se ha perdido... y ha perdido la memoria. No sabe quién es ni de dónde viene —explicó Van Cheele desesperadamente, mirando con aprensión el rostro del niño sin hogar para ver si iba a añadir alguna franqueza inconveniente a sus otras propensiones salvajes.

La señorita Van Cheele se mostró muy interesada.

—Quizá lleve alguna marca en su ropa interior —sugirió.

—También parece haber perdido gran parte de ella —dijo Van Cheele sujetando frenéticamente el *Morning Post* para mantenerlo en su sitio.

Un niño desnudo y sin hogar despertó en la señorita Van Cheele sentimientos tan cálidos como los que hubieran despertado un gatito callejero o un cachorro abandonado.

—Debemos hacer cuanto podamos por él —decidió. Y en un santiamén estuvo de vuelta cierto mensajero despachado a la rectoría (en la que había un monaguillo) trayendo ropa de repuesto y los accesorios necesarios: camisa, zapatos, cuello, etcétera. Vestido, limpio y peinado, el muchacho no perdió nada de su rareza a ojos de Van Cheele, pero su tía lo encontró encantador.

—Tenemos que llamarle de alguna manera hasta que sepamos quién es —dijo—. Yo propongo Gabriel Ernesto. Son nombres muy agradables y apropiados.

Van Cheele estuvo de acuerdo, pero en su fuero interno dudaba de que estuvieran aplicándoselos a un muchacho agradable y apropiado. No ayudaba a apaciguar sus recelos el hecho de que su viejo y aburrido spaniel hubiera salido disparado de la casa en cuanto vio al muchacho y que permaneciera temblando y ladrando obstinadamente en el extremo más alejado del huerto, o que el canario, por lo normal tan industrioso vocalmente como el mismo Van Cheele, se limitara ahora a unos gorjeos atemorizados. Más que nunca, estaba resuelto a interrogar a Cunningham sin pérdida de tiempo.

Mientras él se dirigía a la estación, su tía estaba haciendo preparativos para que Gabriel Ernesto la ayudara esa tarde a entretener durante el té a los miembros infantiles de su escuela dominical.

Cunningham no pareció al principio muy dispuesto a mostrarse comunicativo.

—Mi madre murió a causa de algún tipo de enfermedad cerebral —explicó—, así que entenderá que me muestre reacio a discutir algo de imposible naturaleza fantástica que pueda haber visto o creído haber visto.

—¿Pero *qué* vio? —insistió Van Cheele.

—Lo que creí ver fue algo tan extraordinario que ningún hombre en su sano juicio concedería que pudiera haber sucedido realmente. La última tarde que pasé en su casa yo estaba de pie, medio oculto entre los setos, junto a la verja del huerto, contemplando el resplandor menguante del crepúsculo. De pronto me di cuenta de la presencia de un muchacho desnudo, al que tomé por bañista de alguna piscina de la vecindad, que permanecía afuera, en la ladera abierta, contemplando también la puesta de sol. Su aspecto sugería tanto el de un fauno salvaje de la mitología pagana que al instante quise tomarle como modelo y estuve a punto de llamarle. Pero, justo entonces, el sol se perdió de vista y todo el naranja y el rosa desaparecieron del paisaje, dejándolo frío y gris. Y en el mismo momento sucedió algo increíble: ¡el muchacho también desapareció!

—¡Qué! ¿Se desvaneció en la nada? —preguntó Van Cheele con excitación.

—No, esto es lo más terrible de todo —contestó el artista—: en la ladera abierta en la que había estado el muchacho un segundo antes había un enorme lobo, de color negruzco, con los colmillos brillantes y unos ojos crueles y amarillos. Pensará usted...

Pero Van Cheele no se detuvo ante algo tan fútil como pensar. Al momento estaba corriendo a toda velocidad hacia la estación. Descartó la idea de un telegrama. «Gabriel Ernesto es un hombre-lobo» era un esfuerzo inadecuado sin remedio para aquella situación y su tía pensaría que se trataba de un mensaje codificado para el que habría olvidado proporcionarle la clave. Su única esperanza era llegar a casa antes del crepúsculo. El coche que alquiló tras el viaje en tren puso a prueba su paciencia con su exasperante lentitud a través de los caminos rurales que el rubor del sol poniente teñía de rosa y malva. Su tía estaba guardando unos pasteles y mermeladas sin terminar cuando por fin llegó.

—¿Dónde está Gabriel Ernesto? —casi gritó.

—Ha ido a acompañar al pequeño Toop a su casa —dijo su tía—. Se estaba haciendo tarde y pensé que no era seguro dejarle ir solo. Qué precioso atardecer, ¿verdad?

Pero Van Cheele, aunque no del todo ajeno al brillo del poniente, no se quedó a discutir sus bellezas. A una velocidad para la que apenas estaba preparado, corrió por el estrecho sendero que conducía al hogar de los

Toop. A un lado discurría la rápida corriente del caz del molino, al otro se alzaba la demuda ladera de la colina. Un ribete menguante del rojo sol asomaba aún en la línea del cielo y en la próxima curva habría de aparecer la pareja mal avenida que estaba persiguiendo. Entonces, el color desapareció de pronto de las cosas y una luz grisácea se instaló con un súbito estremecimiento sobre el paisaje. Van Cheele escuchó un agudo chillido de dolor y detuvo su carrera.

Nada volvió a saberse del chico de los Toop ni de Gabriel Ernesto, pero las ropas abandonadas de este último se encontraron tiradas en el sendero, así que se supuso que el niño habría caído al agua y el muchacho se había desnudado y arrojado detrás, en un vano intento por salvarle. Van Cheele y algunos trabajadores que andaban cerca en el momento del suceso atestiguaron haber oído el grito de un niño muy cerca del lugar donde aparecieron las ropas. La señora Toop, que tenía otros once hijos, se resignó decorosamente a su dolor, pero la señorita Van Cheele lloró sinceramente a su huerfanito perdido. Por iniciativa suya se colocó una placa de bronce en la iglesia parroquial, dedicada «a Gabriel Ernesto, muchacho desconocido que sacrificó valientemente su vida por el prójimo».

Van Cheele daba la razón a su tía en casi todo, pero se negó totalmente a contribuir para la placa de Gabriel Ernesto.

EL ALMA DE LAPLOSHKA

Laploshka era uno de los hombres más tacaños que he conocido
jamás, y uno de los más divertidos. Decía cosas horribles sobre
otras personas de una manera tan encantadora que le perdona-
bas por las cosas igualmente horribles que decía sobre ti a tus espaldas.
Odiando como odiamos el cotilleo malvado, siempre es de agradecer
que alguien lo haga por nosotros y lo haga bien. Y Laploshka lo hacía
realmente bien.

Naturalmente, Laploshka tenía un amplio círculo de amistades y,
como procedía a seleccionarlas con gran cuidado, el resultado era que
una apreciable proporción de ellas eran hombres cuyos balances banca-
rios les permitían mostrarse indulgentes con el concepto de Laploshka
de la hospitalidad, que ejercía en una sola dirección. Así, aunque po-
seía solo medios moderados, podía vivir confortablemente de su renta y
aún más confortablemente gracias a sus tolerantemente predispuestos
asociados.

Pero hacia los pobres o los que tenían los mismos recursos limita-
dos que él su actitud era de ansiedad vigilante. Parecía vivir angustiado
por un miedo acuciante a que la fracción de un chelín o de un franco,

o cualquiera que fuese la moneda en curso, pudiera ser desviada de su bolsillo e ir a parar al de algún compañero pobretón. Un cigarro de dos francos lo ofrecería alegremente a un mecenas acaudalado, según el principio de hacer el mal para que llegue el bien; pero yo le he visto echarse en brazos del perjurio antes de admitir la incriminatoria posesión de un penique que se necesitaba para dar propina a un camarero. La moneda hubiera sido debidamente devuelta a la primera oportunidad —él habría tomado medidas contra cualquier posible olvido por parte del tomador—, pero siempre pueden ocurrir accidentes y además el alejamiento temporal de su penique o *sou*[3] ya era una calamidad que evitar.

El conocimiento de esta afable debilidad ofrecía tentaciones perpetuas para jugar con los miedos de Laploshka hacia la generosidad involuntaria. Ofrecerse a llevarlo en taxi y luego fingir no tener suficiente dinero para pagar la carrera o ponerle nervioso con la petición de una perrona cuando tenía las manos llenas de plata al acabar de recibir un cambio eran algunos de los pequeños tormentos que ideaba el ingenio cuando se presentaba la oportunidad. Para ser justos con los recursos de Laploshka, hay que admitir que siempre sabía escapar de un modo u otro de las más embarazosas situaciones sin comprometer en absoluto su reputación diciendo «no». Pero los dioses siempre acaban proporcionando oportunidades a los hombres y la mía llegó una noche en que Laploshka y yo cenábamos juntos en un restaurante barato del bulevar. (Salvo cuando era el esforzado invitado de alguien con una renta irreprochable, Laploshka solía refrenar su apetito de buena vida: en esas afortunadas ocasiones lo dejaba manifestarse libremente). Al terminar de cenar, un mensaje urgente me obligó a marcharme y, sin hacer caso de la agitada protesta de mi compañero, le dije cruelmente mientras me iba:

—Paga mi parte; te lo devolveré mañana.

Por la mañana temprano, Laploshka me encontró por puro instinto mientras caminaba por una calle lateral que casi nunca frecuentaba. Tenía el aire de un hombre que no ha dormido.

---

3 Antigua moneda francesa de escaso valor.

—Me debes dos francos de anoche —fue su jadeante saludo.

Hablé evasivamente de la situación en Portugal, donde se estaban fraguando nuevos problemas. Pero Laploshka escuchaba con la abstracción de una víbora sorda y muy pronto volvió a la cuestión de los dos francos.

—Me temo que voy a seguir debiéndotelos —dije con ligereza y brutalidad—. No tengo ni cinco —y añadí con mendacidad—: Me marcho por seis meses o quizá más tiempo.

Laploshka no dijo nada, pero sus ojos se oscurecieron un poco y sus mejillas adquirieron el tono moteado de un mapa etnográfico de la península balcánica. Ese mismo día, al atardecer, murió. «Parada cardiaca» fue el veredicto del médico; pero yo, que estaba más al tanto, sabía que había muerto de dolor.

El problema que se presentaba era qué hacer con sus dos francos. Haber matado a Laploshka era una cosa; quedarse con su amado dinero revelaría una frialdad de sentimientos de la que no soy capaz. La solución más obvia, entregarlos a los pobres, no era en absoluto adecuada para el caso presente, ya que nada habría disgustado más al muerto que tal malversación de su fortuna. Por otro lado, conferirle dos francos a un rico era una operación que requería algún tacto. Una salida fácil al conflicto pareció presentarse, sin embargo, al domingo siguiente mientras permanecía atrapado entre la multitud urbana que llenaba la nave lateral de una de las iglesias más populares de París. La bolsa de una colecta para «los pobres del señor cura» se abría camino a trompicones a través de la casi impenetrable marea humana, y un alemán que estaba frente a mí —el cual, evidentemente, no deseaba que una petición de limosna estropeara su apreciación de la magnífica música— le hacía en voz alta a su amigo comentarios críticos sobre las alegaciones de esa pretendida caridad.

—No quieren dinero —decía—; les sobra. No tienen pobres. Mucho cuento.

Si realmente el caso era así, ya sabía lo que había que hacer. Eché los dos francos de Laploshka en la bolsa murmurando bendiciones para los ricos de *monsieur le curé*.

Unas tres semanas después tuve la oportunidad de viajar a Viena y una noche me encontraba sentado en una humilde pero excelente tabernita en el barrio de Wahringer. Las instalaciones eran primitivas, pero el *schnitzel*, la cerveza y el queso resultaban inmejorables. Un buen ambiente atrae a una buena clientela y, con excepción de una mesita cerca de la puerta, todas las mesas estaban ocupadas. A mitad de mi cena se me ocurrió mirar en dirección al asiento libre y vi que ya no lo estaba. Estudiando minuciosamente la carta, con el escrutinio absorto de quien busca los platos más baratos, estaba Laploshka. Me miró un momento, contemplando mi comida en conjunto, como si dijera: «Son mis dos francos lo que te estás comiendo», y luego apartó la vista con presteza. Evidentemente, los pobres del señor cura eran genuinamente pobres. El *schnitzel* se volvió cuero en mi boca, la cerveza se recalentó; dejé mi emmental sin probar. Mi única idea era irme cuanto antes del local, alejarme de la mesa en la que estaba sentado aquello. Y mientras me esfumaba pude notar la mirada de reproche de Laploshka ante la suma que le entregué al camarero: parte de sus dos francos. Al día siguiente almorcé en un restaurante caro en el que estaba seguro de que el Laploshka vivo jamás habría entrado por su cuenta y confié en que el Laploshka muerto observara las mismas reglas. No me equivocaba, pero cuando salí me lo encontré estudiando menesterosamente la lista de precios colocada en los soportales. Luego se dirigió lentamente a una lechería. Por primera vez en mi vida no pude disfrutar del encanto y la alegría de la vida vienesa.

Después de eso, en París, en Londres o dondequiera que estuviese, seguía viendo mucho a Laploshka. Si tenía un asiento de palco en un teatro, notaba sus ojos observándome furtivamente desde el rincón más oscuro del patio de butacas. Cuando iba a mi club en un día lluvioso, lo veía cobijándose insuficientemente en el portal de enfrente. Incluso si me entregaba al modesto lujo de una silla de a penique en el parque, me lo encontraba generalmente sentado en uno de los bancos gratuitos, nunca mirándome, pero siempre elaboradamente consciente de mi presencia. Mis amigos empezaron a comentar los cambios en mi aspecto y me aconsejaron quitarme de un montón de cosas. Me habría gustado quitarme de Laploshka.

Cierto domingo —probablemente en Pascua porque las aglomeraciones eran peores que nunca— me encontraba atrapado de nuevo entre la multitud que escuchaba la música en la iglesia de moda de París, y de nuevo la bolsa de la colecta se abría paso entre la marea humana. Una dama inglesa que estaba junto a mí hacía esfuerzos baldíos para introducir una moneda en la aún distante bolsa, así que, por petición suya, cogí el dinero e hice que llegara a su destino. Era una moneda de dos francos. Una rápida inspiración acudió a mi mente y eché un *sou* propio en la bolsa, deslizando la moneda de plata en mi bolsillo. Había sustraído los dos francos de Laploshka a los pobres, que nunca gozarían de aquel legado. Mientras me alejaba de la multitud oí la voz de la mujer diciendo:

—No creo que haya puesto mi dinero en la bolsa. ¡En París hay enjambres de gente como él!

Pero tenía la mente más ligera de lo que la había tenido en mucho tiempo.

Aún debía enfrentarme a la delicada misión de conferir la suma sustraída a algún encomiable rico. De nuevo confié en la inspiración de la casualidad y de nuevo la fortuna me favoreció. Un aguacero me condujo, dos días más tarde, a una de las iglesias históricas del margen izquierdo del Sena y allí me encontré, contemplando las antiguas tallas de madera, al barón R., uno de los hombres más acaudalados y más pobremente vestidos de París. Era ahora o nunca. Afectando un fuerte acento americano en el francés que normalmente hablaba con un inconfundible acento británico, interrogué al barón por la fecha de construcción de la iglesia, sus dimensiones y otros detalles que un turista americano querría con certeza saber. Habiendo conseguido esa información, hasta donde el barón era capaz de proporcionarla en pocas palabras, deposité solemnemente la moneda de dos francos en su mano asegurando de corazón que era *pour vous* y di media vuelta para irme. El barón se quedó perplejo, pero aceptó la situación con buen humor. Dirigiéndose a una cajita colocada en la pared, introdujo los dos francos de Laploshka por la ranura. Sobre la caja figuraba esta inscripción: *Pour les pauvres de monsieur le curé*».

Esa noche, en una esquina junto al Café de la Paix, capté un vislumbre fugaz de Laploshka. Sonrió, alzó ligeramente el sombrero y desapareció. No volví a verle nunca más. Después de todo, el dinero había sido entregado a un encomiable rico y el alma de Laploshka estaba en paz.

EL RATÓN

heodoric Voler había sido educado, desde la infancia a los confines de la mediana edad, por una amante madre cuya principal preocupación había sido mantenerlo protegido de lo que ella llamaba «las realidades más groseras de la vida». Cuando murió, dejó a Theodoric solo en un mundo que era más real que nunca y bastante más grosero de lo que él consideraba necesario. Para un hombre de su temperamento y educación hasta un simple viaje en tren estaba lleno de insignificantes molestias y pequeñas disonancias, y mientras se instalaba en un compartimento de segunda clase una mañana de septiembre era consciente de sus sentimientos alterados y su perturbación mental. Había pasado una temporada en una vicaría en el campo cuyos habitantes no eran ciertamente ni brutales ni orgiásticos, pero su supervisión de la intendencia doméstica era de ese estilo tan relajado que invita al desastre. El carruaje tirado por un poni que debía llevarle a la estación no había sido convenientemente preparado y, cuando llegó el momento de su partida, el mozo que debería haber suministrado el artículo requerido no fue encontrado en parte alguna. En esta emergencia, Theodoric, para su mudo pero muy intenso disgusto, se vio obligado a colaborar con la hija del vicario en la tarea de ponerle los arneses al poni, lo que hizo necesario andar a tientas por un barracón mal iluminado al que llamaban «establo» y que olía muy parecido a uno de ellos... excepto en las partes en las que olía a ratón. Sin tenerles realmente miedo a los ratones, Theodoric los clasificaba entre los incidentes más groseros de la vida y consideraba que la Providencia, con un pequeño esfuerzo de coraje moral, debería haber reconocido hacía mucho que no eran indispensables y por tanto podían ser borrados de la circulación. Mientras el tren salía lentamente de la estación, la imaginación nerviosa de Theodoric lo acusaba de exhalar un débil olor a establo y, posiblemente, de exhibir una o dos mohosas pajitas en su habitualmente bien cepillado atuendo. Afortunadamente, el otro único ocupante del compartimento, una dama de aproximadamente la misma edad que él, parecía más inclinada al sueño que al escrutinio. El tren no tenía que parar hasta el final de la línea, dentro de más o menos una hora, y el vagón era de los antiguos, de los que no se comunican con un pasillo, y por tanto no era probable que ningún otro compañero de viaje fuera a invadir la semiprivacidad de Theodoric. Sin embargo, no bien el tren hubo alcanzado su velocidad normal, fue reacia pero vívidamente consciente de que no estaba solo con la dama dormida; ni siquiera estaba solo dentro de sus propias ropas. Un cálido y sigiloso movimiento sobre su carne traicionaba la inoportuna y altamente ofensiva presencia, invisible pero intensa, de un ratón perdido, el cual evidentemente se había deslizado en su actual refugio durante el episodio del enganche del poni. Golpes y brincos furtivo y pellizcos furiosamente encaminados no lograron desalojar al intruso, cuyo lema parecía ser *excelsior;* [4] y el legítimo ocupante de las ropas se reclinó contra los almohadones y se esforzó frenéticamente en pensar un medio para poner fin al doble alojamiento. Era impensable que tuviera que permanecer por espacio de una hora entera en la horrible situación de un Rowton House [5] para ratones vagabundos (su imaginación ya había doblado el número de invasores extraños). Por otra parte, nada menos drástico que desvestirse parcialmente podría aliviarlo

---

4   *Excelsior:* en latín, lo más alto, excelso.

5   Rowton House: cadena de hoteles fundada en Londres por el filántropo victoriano lord Rowton para proporcionar alojamiento digno y barato a los trabajadores.

de su tormento, y desnudarse en presencia de una dama, incluso con un propósito tan laudable, era una idea que hacía que las puntas de sus orejas se ruborizasen con una vergüenza abyecta. Nunca había sido capaz ni de una pequeña exposición de sus calcetines calados en presencia del bello sexo. Y todavía... la dama de este caso estaba, bajo todas las apariencias, profunda y totalmente dormida; el ratón, por otro lado, parecía estar intentando juntar años de viajes en unos pocos tenaces minutos. Si hay alguna verdad en la teoría de la transmigración, este ratón en particular debía ciertamente haber sido en una vida anterior miembro del Club Alpino. A veces, en su impaciencia, perdía pie y resbalaba como media pulgada; y entonces, asustado, o más probablemente irritado, mordía. Theodoric se vio abocado a la más audaz decisión de su vida. Enrojeciendo hasta el tono de una remolacha y manteniendo una agónica vigilancia sobre su dormida compañera, aseguró rápida y silenciosamente los extremos de su manta de viaje a las rejillas de cada lado del vagón, creando una sólida cortina que dividía oblicuamente el compartimento. Dentro del estrecho vestidor que acababa de improvisar, procedió con violenta prisa a liberarse parcialmente —y al ratón totalmente— de las envolturas de *tweed* y lana que lo ceñían. Cuando el desenmarañado ratón dio un salvaje salto hacia el suelo, la manta, soltándose de sus sujeciones en cada extremo, cayó con heladora pesadez, y casi al mismo tiempo la durmiente abrió los ojos. Con un movimiento casi tan veloz como el del ratón, Theodoric saltó sobre la manta y tiró de sus amplios pliegues tapándose hasta la barbilla mientras su desmantelada persona se derrumbaba en el rincón más alejado del compartimento. La sangre corría y golpeaba las venas de su cuello y frente mientras esperaba enmudecido a que cayera el cordón de la comunicación. La dama, sin embargo, se contentaba con una mirada silenciosa a su extrañamente envuelto compañero. Cuánto habría llegado a ver, se preguntaba Theodoric, y, en cualquier caso, ¿qué demonios pensaría de su actual postura?

—Creo que he cogido un resfriado —aventuró desesperadamente.

—Vaya, lo siento —replicó ella—. Iba a pedirle que abriera esa ventanilla.

—Creo que es malaria —añadió él con los dientes castañeteando ligeramente más por miedo que por la intención de apoyar sus asertos.

—Tengo un poco de brandi en mi bolso de viaje, si es usted tan amable de buscarlo por mí —dijo su compañera.

—Por nada del mundo... Quiero decir, nunca tomo nada para eso —le aseguró honestamente.

—Imagino que lo cogió en los trópicos.

Theodoric, cuya familiaridad con los trópicos se limitaba al regalo anual de una cajita de té por parte de un tío que tenía en Ceilán, sintió que hasta la malaria lo abandonaba. ¿Sería posible, se preguntó, ir revelándole poco a poco la verdadera naturaleza de los hechos?

—¿Le dan miedo los ratones? —aventuró, poniéndose, si ello fuera posible, aún más colorado.

—No, a no ser que vengan a montones, como esos que se comieron al obispo Hatto.[6] ¿Por qué me lo pregunta?

—Tenía uno arrastrándose entre mi ropa hace un momento —dijo Theodoric con una voz que apenas parecía la suya—. Era una situación sumamente incómoda.

—Debe haberlo sido si lleva sus ropas muy ceñidas —observó ella—. Pero los ratones tienen sus propias ideas sobre la comodidad.

—Tuve que quitármelo de encima mientras usted dormía —prosiguió. Luego, tragando saliva, añadió—: Fue por quitármelo por lo que he llegado... a esto.

—Seguramente librarse de un ratoncito no provoca un resfriado —exclamó ella con una ligereza que Theodoric encontró abominable.

Evidentemente, se había percatado de parte de su aprieto y estaba disfrutando con su confusión. Toda la sangre de su cuerpo parecía haberse movilizado en un rubor concentrado, y una agonía de humillación, peor que una miríada de ratones, se apoderó de su alma. Y entonces, cuando logró reflexionar sobre lo que estaba ocurriendo, un terror puro ocupó el lugar de la humillación. Con cada minuto que transcurría el tren se iba acercando más a la estación atestada y jubilosa, donde docenas de ojos entrometidos sustituirían a los dos ojos paralizantes que lo contemplaban desde el otro

---

6   Hatto II, arzobispo de Maguncia en el siglo x. Según la leyenda, fue devorado por ratones como castigo por su crueldad. El escenario de los hechos, la Torre de los Ratones, aún se conserva junto al Rin.

rincón del compartimento. Había una remota posibilidad desesperada que podría decidirse en los próximos minutos. Su compañera podría volver a caer en un bendito sueño. Pero a medida que los minutos transcurrían esa posibilidad se diluía. Las furtivas miradas que Theodoric le lanzaba de vez en cuando tan solo revelaban un parpadeo vigilante.

—Me parece que ya estamos llegando —observó ella en ese momento.

Theodoric ya había notado con creciente terror las esporádicas hileras de casas pequeñas y feas que anunciaban el fin del viaje. Las palabras actuaron como señal. Como una bestia acosada que abandona su agujero lanzándose locamente en busca de otro cobijo de momentánea seguridad, arrojó a un lado la manta y se embutió frenéticamente sus desordenadas ropas. Era consciente de las feas estaciones suburbanas pasando tras la ventanilla, de una sensación de asfixia y martilleo en su garganta y corazón y del helado silencio en el otro rincón del vagón, a donde no se atrevía a mirar. Luego, mientras se dejaba caer en su asiento, vestido y casi delirante, el tren aminoró su marcha hasta apenas arrastrarse y la mujer habló:

—¿Sería tan amable —preguntó— de buscarme un mozo que me lleve hasta un taxi? Es una vergüenza molestarle a usted cuando no se encuentra bien, pero ser ciega la deja a una tan indefensa en una estación de tren...

TOBERMORY

Era la tarde fría y lluviosa de un día de finales de agosto, esa estación indefinida en la que las perdices están aún seguras o en suspensión temporal y no hay nada que cazar... a menos que uno limite al norte con el canal de Bristol, en cuyo caso podría uno correr legítimamente tras los gordos ciervos rojos. La fiesta de lady Blemley no limitaba al norte con el canal de Bristol, así que había un lleno total de invitados alrededor de la mesa del té en esa tarde en particular. Y, a pesar del vacío de la estación y de la trivialidad del momento, no había ni rastro entre la concurrencia de esa inquietud fatigosa que indica el miedo a la pianola y la discreta ansia del *bridge* de subasta. La atención embobada y sin disimulo de toda la fiesta estaba fija en la personalidad prosaicamente negativa del señor Cornelius Appin. De todos los invitados, él era el que había llegado a lady Blemley con la reputación más imprecisa. Alguien había dicho que era «inteligente» y obtuvo su invitación gracias a las moderadas expectativas, por parte de su anfitriona, de que al menos una parte de esa inteligencia contribuyese al entretenimiento general. En lo que iba de día, y llegada la hora del té, había sido incapaz de descubrir en qué dirección, si había alguna, se extendía su inteligencia. No era ingenioso ni un campeón en el croquet ni una fuerza hipnótica ni un inspirador de representaciones teatrales de aficionados. Tampoco su exterior sugería el tipo de hombre al que las mujeres estarían dispuestas a perdonar un generoso equipaje de deficiencia mental. Había quedado reducido al simple señor Appin, y el Cornelius parecía apenas algo de transparente fanfarronería bautismal. Y ahora estaba asegurando que había lanzado al mundo un descubrimiento al lado del cual la invención de la pólvora, de la imprenta y de la máquina de vapor resultaban bagatelas insignificantes. La ciencia había dado pasos apabullantes en muchas direcciones durante las últimas décadas, pero esto parecía pertenecer a la esfera del milagro más que al logro científico.

—¿Y realmente nos pide que creamos —estaba diciendo sir Wilfrid— que usted ha descubierto un método para instruir a los animales en el arte del habla humana, y que ese querido y viejo Tobermory ha resultado ser su primer y exitoso alumno?

—Es un asunto en el que he trabajado durante los últimos diecisiete años —dijo el señor Appin—, pero solo durante los últimos ocho o nueve meses he sido recompensado con el vislumbre del éxito. Por supuesto, he experimentado con miles de animales, pero últimamente solo con gatos, esas maravillosas criaturas que se han asimilado tan maravillosamente a nuestra civilización conservando a la vez todos sus altamente desarrollados instintos salvajes. De vez en cuando, entre los gatos alguno alcanza un intelecto sorprendentemente superior, igual que ocurre entre los seres humanos, y cuando trabé conocimiento con Tobermory hace una semana enseguida me di cuenta de que estaba en presencia de un «gato avanzado» de extraordinaria inteligencia. Había llegado bastante lejos en el camino hacia el éxito en mis últimos experimentos; con Tobermory, como ustedes le llaman, he alcanzado la meta.

El señor Appin concluyó su notable aseveración con una voz que se esforzó en despojarse de cualquier inflexión de triunfo. Nadie dijo «ratas», aunque los labios de Clovis se movieron esbozando un monosílabo que probablemente invocaba a esos roedores de la incredulidad.

—¿Y quiere usted decir —preguntó la señorita Resker, tras una breve pausa— que usted ha enseñado a Tobermory a decir y entender frases sencillas de una sílaba?

—Mi querida señorita Resker —dijo el obrador de maravillas pacientemente—, uno enseña de esa manera y poco a poco a los niños pequeños y a los salvajes y los adultos retrasados; cuando uno ha solucionado el problema del comienzo con un animal de inteligencia altamente desarrollada, no se necesitan tales métodos vacilantes. Tobermory puede hablar nuestro idioma con perfecta corrección.

Esta vez Clovis dijo muy claramente: «¡Más que ratas!».

Sir Wilfrid fue más educado, pero igualmente escéptico.

—¿No será mejor que hagamos entrar al gato y juzguemos por nosotros mismos? —sugirió lady Blemley.

Sir Wilfrid fue en busca del animal y los invitados se acomodaron lánguidamente a la espera de algún hábil espectáculo de ventriloquía de salón.

Un momento después, sir Wilfrid estaba de vuelta con el rostro blanco bajo su bronceado y con los ojos dilatados de excitación.

—¡Dios santo, es verdad!

Su agitación era inequívocamente genuina, y sus oyentes se pusieron en pie con un escalofrío de verdadero interés.

Derrumbándose sobre un sofá, prosiguió sin aliento:

—Lo encontré dormitando en el salón de fumar y le llamé para que viniera a tomar el té. Él parpadeó como hace siempre y yo le dije: «Vamos, Toby, no nos hagas esperar», y ¡Dios mío!, arrastrando las palabras y con una voz horriblemente natural dijo ¡que vendría cuando le diera la real gana! ¡Por poco pego un salto hasta el techo!

Appin había predicado para oyentes absolutamente incrédulos; la afirmación de sir Wilfrid provocó el convencimiento general. Se originó un coro de Babel de atónitas exclamaciones ante las cuales el científico permaneció sentado en silencio, disfrutando de los primeros frutos de su formidable descubrimiento.

En medio del clamor, Tobermory entró en la estancia y se dirigió con sedoso paso y estudiada indiferencia hacia el grupo sentado a la mesa de té.

Un repentino silencio tenso e incómodo se instaló entre los presentes. De algún modo, dirigirse en términos de igualdad a un gato doméstico de reconocida habilidad vocal parecía algo embarazoso.

—¿Tomarás un poco de leche, Tobermory? —preguntó lady Blemley con voz algo forzada.

—Me da igual —fue la respuesta, formulada en un tono de tranquila indiferencia. Un estremecimiento de sorpresa y excitación recorrió a la audiencia, y podría perdonársele a lady Blemley que derramara con torpeza toda la jarrita de leche.

—Me temo que he derramado gran parte de ella —dijo en tono de disculpa.

—Después de todo, no es mi Axminster[7] —fue la respuesta de Tobermory.

Un nuevo silencio cayó sobre el grupo y entonces la señorita Resker, con sus mejores modales de catequista voluntaria, le preguntó si le había resultado difícil aprender el lenguaje humano. Tobermory la miró directamente durante un momento y luego fijó serenamente sus ojos en la lejanía. Era obvio que aquella pregunta tan aburrida quedaba al margen de su estilo de vida.

—¿Qué opinas de la inteligencia humana? —preguntó Mavis Pellington con torpeza.

—¿La inteligencia de quién en particular? —preguntó Tobermory fríamente.

—Oh, bueno, de la mía, por ejemplo —dijo Mavis, con una débil risita.

—Me pone usted en una posición embarazosa —dijo Tobermory, cuyo tono y actitud ciertamente no sugerían ni pizca de embarazo—. Cuando se sugirió su inclusión en esta fiesta, sir Wilfrid se quejó de que era usted la mujer más descerebrada que conocía y que había una gran diferencia entre la hospitalidad y acoger a débiles mentales. Lady Blemley replicó que su falta de capacidad mental era precisamente la cualidad que la hacía merecer la invitación, pues era usted la única persona que se le ocurría lo bastante idiota como para comprarles el viejo coche. Ya sabe, el que llaman «la envidia de Sísifo», porque va divinamente cuesta arriba si se le empuja.

Las protestas de lady Blemley habrían tenido mayor efecto si aquella misma mañana no hubiera sugerido casualmente a Mavis que el coche en cuestión era justo lo que le convenía allá en su casa de Devonshire.

---

7   Famosas alfombras que se manufacturan en Devon desde el siglo XVIII.

El mayor Barfield se lanzó rápidamente a una maniobra de distracción:

—¿Qué me dices de tus avances con la gatita parda allá en los establos?

Nada más decirlo todo el mundo se percató de la metedura de pata.

—Uno no suele discutir estos asuntos en público —dijo Tobermory gélidamente—. Tras observar por encima sus pasos desde que está usted en esta casa, imagino que encontraría inconveniente que yo llevara la conversación a sus propios asuntillos.

El pánico que provocó este comentario no se limitó al mayor.

—¿No te gustaría ir a ver si la cocinera ya te ha preparado la comida? —sugirió lady Blemley presurosa, fingiendo ignorar el hecho de que faltaban al menos dos horas para la hora de cenar de Tobermory.

—Gracias —dijo Tobermory—. No tan seguido del té. No quiero morir de indigestión.

—Los gatos tienen nueve vidas, ya lo sabes —dijo sir Wilfrid efusivo.

—Posiblemente —respondió Tobermory—, pero un solo hígado.

—¡Adelaide! —dijo la señora Cornett—, ¿es que quieres animar a ese gato a ir a cotillear sobre nosotros en la sala de los sirvientes?

El pánico, de hecho, ya era general. Una estrecha balaustrada ornamental recorría el frente de la mayoría de las ventanas de los dormitorios de las Torres, y todos recordaron con consternación que esa balaustrada había sido el paseo favorito de Tobermory a todas horas, ya que desde allí podía contemplar a las palomas... y Dios sabe qué más cosas. Si lo que pensaba era recuperar sus recuerdos en su actual estado de sinceridad, el efecto sería algo más que perturbador. La señora Cornett, que pasaba mucho tiempo en su tocador y cuyo cutis tenía fama de propender al nomadismo y aun así ser puntual, parecía tan inquieta como el mayor. La señorita Scrawn, que escribía una poesía fieramente sensual y llevaba una vida irreprochable, se limitó a mostrar irritación; si eres metódica y virtuosa en privado, no necesariamente deseas que todo el mundo lo sepa. Bertie van Tahn, que a los diecisiete años era tan depravado que hacía mucho tiempo que había renunciado a ser algo peor, se puso de un apagado tono blanco gardenia, pero no cometió el error de salir corriendo de la estancia, como Odo Finsberry, un joven caballero que se suponía que estudiaba para eclesiástico y al que posiblemente perturbó el pensar en las revelaciones escandalosas que podría escuchar respecto a otras personas. Clovis tuvo la presencia de ánimo de mantener una actitud exterior serena; privadamente, estaba calculando cuánto tiempo le llevaría obtener una caja de hámsters a través de la agencia Exchange and Mart como material para sobornos.

Incluso en una situación delicada como la presente, Agnes Resker no podía soportar permanecer demasiado tiempo en segundo plano.

—¿Cómo habré venido yo a parar aquí? —preguntó dramáticamente.

Tobermory aprovechó inmediatamente la brecha:

—A juzgar por lo que le dijo ayer a la señora Cornett en el campo de croquet, salió usted a la caza de comida. Describió usted a los Blemley como la gente más aburrida que conocía, pero dijo que eran lo bastante inteligentes como para emplear a una cocinera de primera categoría; de otra manera les resultaría difícil que alguien volviera por segunda vez.

—¡No hay ni una palabra de verdad en lo que dice! Apelo a la señora Cornett —exclamó una Agnes consternada.

—La señora Cornett repitió más tarde su comentario a Bertie van Tahn —prosiguió Tobermory—, y dijo: «Esa mujer es la típica activista del hambre;[8] iría a cualquier parte por cuatro comidas regulares al día», y Bertie van Tahn dijo...

En este punto la crónica cesó piadosamente. Tobermory había captado un atisbo del gran gatazo amarillo de la rectoría abriéndose camino hacia él a través de los arbustos que conducían al ala de los establos. Al instante se había desvanecido como un rayo a través de la ventana abierta.

Tras la desaparición de su excesivamente brillante alumno, Cornelius Appin se vio acorralado por un huracán de amargos reproches, ansiosas preguntas y amedrentadas súplicas. La responsabilidad de lo sucedido recaía sobre él y debía tomar medidas para evitar que la cosa se complicara aún más. ¿Podía Tobermory enseñar su peligroso don a otros gatos?, fue la primera pregunta a la que tuvo que contestar. Entraba dentro de lo posible,

---

8 El autor alude a las Hunger Marches, o Marchas del Hambre, manifestaciones que a principios del siglo XX convocaban en el Reino Unido a los hambrientos y los parados, los castigados por la crisis económica.

respondió, que hubiera iniciado a su íntimo amigo, el minino del establo, en sus nuevas habilidades, pero era improbable que esta enseñanza hubiera tenido mayor alcance por el momento.

—Entonces —dijo la señora Cornett—, Tobermory podrá ser un gato valioso y una gran mascota; pero estoy convencida de que estarás de acuerdo, Adelaide, en que ambos, él y el gato del establo, deben ser eliminados sin mayor demora.

—¿No supondrás que yo he disfrutado del último cuarto de hora, verdad? —dijo lady Blemley amargamente—. Mi marido y yo apreciamos mucho a Tobermory... Al menos lo apreciábamos antes de estas horribles habilidades que le han sido infundidas; pero ahora, por supuesto, lo que hay que hacer es destruirlo lo antes posible.

—Podemos poner un poco de estricnina en las sobras que se come siempre a la hora de la cena —dijo sir Wilfrid—, y yo puedo ir y ahogar al gato del establo personalmente. Al cochero le dolerá perder a su mascota, pero yo le diré que ambos gatos han contraído una variedad de sarna muy contagiosa y que tememos que pudiera extenderse a las perreras.

—¡Pero mi gran descubrimiento! —protestó el señor Appin—. Todos esos años de investigación y experimentos...

—Puede usted ir y experimentar con las vacas de la granja, que están bajo el control apropiado —dijo la señora Cornett— o los elefantes de los jardines zoológicos. Se dice que son sumamente inteligentes, y tienen esta ventaja: que no andan deslizándose por nuestros dormitorios y bajo las sillas y todo eso.

Un arcángel que anunciase en estado de éxtasis el milenio, y luego se encontrase con que chocaba imperdonablemente con la regata de Henley y había indefectiblemente que posponerlo, no se habría mostrado más abatido que Cornelius Appin ante la recepción otorgada a su maravilloso descubrimiento. La opinión pública, sin embargo, estaba en su contra: de hecho, de haber sido consultada al respecto, una minoría bastante amplia habría votado a favor de incluirle también a él en la dieta de estricnina.

Malas combinaciones de trenes y un nervioso deseo de ver solucionado prontamente el asunto impidió la inmediata dispersión de la concurrencia,

pero la cena de esa noche no fue un éxito social. Sir Wilfrid había pasado un mal rato con el gato del establo y por consiguiente con el cochero. Agnes Resker restringió ostentosamente su cena a una tostada reseca, la cual mordía como si fuera un enemigo personal; Mavis Pellington, por su parte, se encerró en un rencoroso silencio durante toda la comida. Lady Blemley mantuvo vivo el flujo de lo que esperaba que pasase por una conversación, pero su atención estaba fija en la puerta de entrada. Un platillo en el que se habían dosificado cuidadosamente restos de pescado estaba dispuesto en el aparador, pero los dulces, los salados y los postres pasaron sin que Tobermory apareciera ni en el comedor ni en la cocina.

La cena sepulcral resultó jovial comparada con la posterior vigilia en el salón de fumar. Comer y beber había al menos proporcionado una distracción y un disfraz a la turbación imperante. El *bridge* estaba fuera de toda discusión ante la tensión nerviosa y el estado de ánimo generales, y después de que Odo Finsberry hubiera ofrecido una lúgubre versión de *Melisanda en el bosque* a una audiencia glacial, la música fue tácitamente abolida. A las once, los criados se acostaron tras anunciar que la ventanita de la despensa quedaba abierta, como siempre, para uso privado de Tobermory. Los invitados se dedicaron a leer sin descanso el lote de las revistas más recientes y fueron gradualmente recurriendo a la Biblioteca del Bádminton y los volúmenes encuadernados de Punch. Lady Blemley hacía periódicas visitas a la despensa y volvía cada vez con una expresión de apático abatimiento que hacía superflua cualquier pregunta.

A las dos, Clovis rompió el silencio dominante:

—No vendrá esta noche. Probablemente estará en este momento en la redacción del periódico local dictando la primera entrega de sus memorias. En ellas no figurará Lady Cómo Se Titulaba Su Libro. Será el acontecimiento del día.

Tras esta contribución a la jovialidad general, Clovis se fue a la cama. A largos intervalos, varios miembros de la fiesta fueron siguiendo su ejemplo.

Los criados, al servir el té de la mañana, hicieron un unánime anuncio en respuesta a las unánimes preguntas. Tobermory no había vuelto.

El desayuno fue, si cabe, una ceremonia aún más ingrata que la cena, pero, antes de que concluyese, la situación se distendió. El cadáver de Tobermory fue traído desde los matorrales, donde había sido encontrado por un jardinero. A juzgar por los mordiscos en su garganta y el pelaje amarillo que recubría sus garras, resultaba evidente que había entablado un desigual combate con el gatazo de la rectoría.

Hacia el mediodía, la mayor parte de los invitados habían abandonado las Torres y, después del almuerzo, lady Blemley recobró el ánimo lo bastante como para escribir una carta extremadamente desagradable a la rectoría comentando la pérdida de su valiosa mascota.

Tobermory había sido el único alumno exitoso de Appin, y estaba destinado a no tener sucesor. Unas pocas semanas más tarde, un elefante del Jardín Zoológico de Dresde, que nunca anteriormente había mostrado signos de irritabilidad, se soltó y mató a un inglés que aparentemente había estado provocándolo. El nombre de la víctima se escribió en los periódicos en formas tan diversas como Appin o Eppelin, pero su nombre de pila fue fielmente registrado como Cornelius.

—Si estaba tratando de enseñarle los verbos irregulares alemanes a la pobre bestia —dijo Clovis—, se merecía lo que le ha pasado.

LA JAURÍA DEL DESTINO

A la pálida luz de un oscuro atardecer de otoño, Martin Stoner caminaba pesadamente por las veredas embarradas, pisando surcos de carros que no sabía exactamente a dónde conducían. En alguna parte frente a él, se imaginaba, estaba el mar, y hacia el mar parecían encaminarse persistentemente sus pasos; y por qué se esforzaba débilmente en alcanzar esa meta era algo que apenas podría explicar, como no fuera que estaba poseído por el mismo instinto que lleva a un ciervo acosado hacia los precipicios en el momento más crítico. En su caso, la jauría del destino le acosaba ciertamente con constante insistencia; el hambre, la fatiga y el desesperante desaliento habían entumecido su cerebro y apenas podía juntar suficiente energía para preguntarse qué oculto impulso hacía que siguiera adelante.

Stoner era uno de esos infortunados individuos que parecen haberlo intentado todo; una indolencia e imprevisión innatas habían intervenido siempre para echar a perder cualquier posibilidad de éxito incluso moderado, y ahora ya estaba al límite y no había nada más que intentar. La desesperación no había despertado en él ninguna reserva latente de energía; por el contrario, en el punto álgido de su infortunio había desarrollado una especie de letargo mental. Con la ropa que llevaba puesta, medio penique en el bolsillo y ningún amigo ni conocido a quien recurrir, sin la menor perspectiva de encontrar cama para esa noche o almuerzo para el día siguiente, Martin Stoner caminaba fatigosa e impasiblemente entre los setos mojados y bajo las goteras de los árboles con la mente casi en blanco, salvo por la convicción subconsciente de que en alguna parte frente a él estaba el mar. Otro pensamiento subconsciente le asaltaba de cuando en cuando: la certeza de que estaba horriblemente hambriento. No tardó en detenerse ante un portón abierto que conducía al espacioso y bastante descuidado terreno de una granja; no se apreciaban muchos signos de vida y la casa situada al fondo de la finca parecía fría y poco hospitalaria. Caía, sin embargo, una persistente llovizna y Stoner pensó que quizá allí podría obtener cobijo por unos minutos y pedir un vaso de leche con su última moneda. Se internó lenta y débilmente en la finca y siguió un sendero estrecho que conducía a una puerta lateral. Antes de que pudiera llamar a la puerta, esta se abrió y un viejo encorvado y marchito se hizo a un lado en el umbral como invitándole a entrar.

—¿Puedo guarecerme de la lluvia? —comenzó Stoner, pero el viejo lo interrumpió.

—Pase, señorito Tom. Sabía que volvería un día de estos.

Stoner entró dando tumbos y se quedó mirando al otro sin comprender.

—Siéntese mientras le preparo algo de comer —dijo el viejo con trémulo entusiasmo. Las piernas de Stoner cedieron de pura debilidad y se hundió inerte en la butaca que le acercaban. Al momento estaba devorando la carne fría, el queso y el pan que habían puesto en la mesa junto a él.

—Ha cambiado usted poco en estos cuatro años —prosiguió el viejo con una voz que a Stoner le pareció como surgida de un sueño, lejana e ilógica—, pero aquí lo encontrará todo muy cambiado, ya verá. No queda nadie de los que había cuando se fue, nadie salvo yo y su vieja tía. Iré a decirle que está usted aquí; no le verá, pero le dejará quedarse, por supuesto. Siempre dijo que si regresaba tendría que quedarse, aunque ella nunca volviera a ponerle la vista encima o a hablarle.

El viejo dejó una jarra de cerveza en la mesa, frente a Stoner, y luego se alejó cojeando por un largo pasillo. La llovizna se había convertido en un furioso aguacero racheado que golpeaba violentamente la puerta y las ventanas. El vagabundo pensó con un estremecimiento en el aspecto que tendría el mar bajo aquella lluvia torrencial y con la noche cayendo a plomo por todos los flancos. Terminó la cena y la cerveza y permaneció sentado, entumecido, aguardando a que volviera su extraño anfitrión. A medida que iban transcurriendo los minutos en el reloj de pie del rincón una nueva esperanza empezó a alentar y a crecer en la mente del joven; se trataba meramente de prolongar su anterior ansia de comer y descansar unos minutos con el deseo de hallar cobijo por una noche bajo aquel techo al parecer hospitalario. El sonido de unos pasos por el pasillo le anunció el regreso del viejo criado de la granja.

—La anciana señora no le verá, señorito Tom, pero dice que debe quedarse. Es lo correcto ya que la granja le pertenecerá cuando ella esté bajo tierra. He encendido la chimenea en su cuarto, señorito Tom, y las doncellas han puesto sábanas limpias en la cama. No encontrará ningún cambio allá arriba. Tal vez esté cansado y quiera subir ya.

Sin una palabra, Martin Stoner se puso en pie con esfuerzo y siguió a su ángel de la guarda por un pasillo, ascendió una breve escalera chirriante, cruzó otro pasillo y penetró en una amplia habitación iluminada por un fuego alegre e intenso. Había muy pocos muebles, sencillos, anticuados y buenos en su estilo; una ardilla disecada en una urna y un calendario de pared de cuatro años atrás constituían las únicas muestras de decoración. Pero Stoner solo tenía ojos para la cama y apenas podía esperar el momento de arrancarse la ropa y sumergirse en sus confortables profundidades en un éxtasis de cansancio. La jauría del destino parecía haberse detenido durante un breve instante.

A la fría luz del amanecer, Stoner se rio sin alegría mientras se iba percatando poco a poco de la situación en la que se encontraba. Tal vez podría obtener un desayuno a cuenta de su semejanza con el desaparecido cabeza loca y ponerse a salvo antes de que alguien descubriera el fraude involuntario. En el cuarto de abajo encontró al viejo encorvado con un plato de *bacon* y huevos fritos para el desayuno del «señorito Tom», mientras que una criada mayor con expresión severa traía una tetera y le servía una taza de té. Cuando se sentó a la mesa, apareció un pequeño perro de aguas en actitud amistosa.

—El cachorro de la vieja Bowker —explicó el viejo, al que la criada de expresión severa había llamado George—. Le quería a usted mucho; nunca volvió a ser la misma desde que se marchó a Australia. Murió hará un año. Este es su cachorro.

A Stoner le resultaba difícil lamentar su pérdida; como testigo de identificación dejaba no poco que desear.

—¿Saldrá a montar, señorito Tom? —fue la siguiente y sorprendente propuesta del viejo—. Tenemos una bonita jaca ruana que acepta bien la silla. Old Biddy ya está un poco viejo, aunque aún va bien, pero haré que ensillen a la pequeña ruana y la traeré a la puerta.

—No tengo ropa de montar —tartamudeó el paria, casi riendo al mirarse el traje harapiento que vestía.

—Señorito Tom —dijo el viejo con seriedad, casi con expresión ofendida—, todas sus cosas están tal como usted las dejó. Con airearlas un rato ante el fuego estarán perfectas. Será una buena distracción, montar un poco a caballo y cazar aves salvajes de vez en cuando. Encontrará que la gente de por aquí siente hacia usted un gran resentimiento. No han olvidado ni perdonado. Nadie se acercará a verle, así que hará bien en distraerse cuanto pueda con el caballo y el perro. También son buena compañía.

El viejo George se alejó cojeando a impartir sus órdenes y Stoner, sintiéndose más que nunca como si viviera un sueño, subió a inspeccionar el guardarropa del «señorito Tom».

Montar era uno de los placeres que más estimaba y el hecho de que ninguno de los compañeros de Tom de otros tiempos fuera a favorecerle con una visita de reconocimiento suponía una protección contra un inmediato descubrimiento de su impostura. Mientras el intruso se embutía en unos pantalones de montar que se le ajustaban tolerablemente bien, se preguntó vagamente qué clase de fechoría habría cometido el Tom auténtico para que todo el lugar se pusiera en su contra. El ruido de rápidos y ansiosos cascos golpeando la tierra húmeda puso fin a sus especulaciones. Habían traído la jaca ruana a la puerta.

«Hablando de mendigos a caballo», se dijo Stoner mientras trotaba a buen paso por los caminos embarrados que había recorrido pesadamente el día anterior como un vagabundo andrajoso; luego dejó indolentemente a un lado esos pensamientos y se concentró en el placer de una buena galopada a través del borde de hierba de un tramo llano del camino. Ante un portón abierto, refrenó el paso para que cruzasen dos carros hacia una finca. Los muchachos que conducían los carros tuvieron tiempo de echarle una larga ojeada, y al pasar oyó que una voz excitada decía: «Ese era Tom Prikel, lo he conocido enseguida. Conque ha vuelto...».

Resultaba evidente que el parecido que le había encontrado de cerca un viejo chocho era suficiente para engañar también a unos ojos más jóvenes a corta distancia.

En el curso de su paseo obtuvo abundantes evidencias que confirmaban la afirmación de que el vecindario no había olvidado ni perdonado el antiguo crimen que había recibido como legado del ausente Tom. Miradas ceñudas, murmuraciones y codazos fueron los saludos que recibió cada vez que se topaba con seres humanos; el «cachorro de Bowker», trotando plácidamente a su lado, parecía el único elemento amistoso en aquel mundo hostil.

Cuando desmontaba junto a la puerta lateral, tuvo un breve atisbo de una demacrada mujer mayor que le contemplaba detrás de una cortina de una ventana del piso superior. Evidentemente, se trataba de su tía adoptiva.

Ante el copioso almuerzo que le esperaba, Stoner fue capaz de examinar las posibilidades de su extraordinaria situación. El Tom real, tras cuatro años de ausencia, bien podría aparecer de pronto en la granja, o bien llegar una carta suya en cualquier momento. Además, en su calidad de heredero de la granja, el falso Tom podía ser llamado a firmar documentos, lo que significaría encontrarse en un aprieto realmente embarazoso. O podría presentarse algún familiar que no mantuviera la actitud indiferente de la tía. Cualquiera de estos hechos significaría un desenmascaramiento ignominioso. Por otra parte, las alternativas eran la intemperie y los caminos embarrados que conducían al mar. La granja le ofrecía, en cualquier caso, un refugio temporal frente a la miseria; el trabajo de granjero era una de las muchas cosas que había «intentado», y estaba capacitado para cierto número de labores que ejercer a cambio de la hospitalidad a la que tan poco derecho tenía.

—¿Tomará cerdo frío en la cena —preguntó la criada de expresión severa mientras levantaba el mantel— o preferirá tomarlo caliente?

—Caliente, con cebollas —dijo Stoner. Era la primera vez en su vida que tomaba una decisión rápida. Y mientras daba la orden supo que iba a quedarse.

Stoner se ceñía estrictamente a las partes de la casa que parecían haberle sido adjudicadas por medio de un acuerdo tácito de delimitación. Cuando participaba en los trabajos de la granja, lo hacía como un trabajador más, recibía órdenes y nunca intentaba darlas. El viejo George, la jaca ruana y el cachorro de Bowker eran su única compañía en un mundo que resultaba, en otros aspectos, gélidamente silencioso y hostil. A la dueña de la propiedad no la veía nunca. Una vez, sabiendo que había salido para ir a la iglesia, hizo una furtiva visita al salón de la casa con la intención de averiguar, siquiera fragmentariamente, algo más sobre el joven cuya posición había usurpado y cuya mala reputación había recaído sobre él. Había numerosas fotografías colgadas en las paredes o enmarcadas ceremoniosamente, pero el doble que buscaba no se encontraba en ninguna de ellas. Por fin, en un álbum que no estaba a la vista, encontró lo que buscaba. Había una serie completa, etiquetada «Tom»: un niño mofletudo de tres años, en traje de fantasía; un muchacho desmañado como de doce sosteniendo un palo de críquet como si lo detestara; un joven de bastante buen aspecto de unos dieciocho, con pelo fino muy bien peinado; y finalmente, un hombre joven con una expresión en cierto modo hosca y desafiante. Stoner contempló este último retrato con particular interés; su parecido con él era innegable.

De labios del viejo George, que era muy parlanchín según en qué temas, trató una y otra vez de obtener alguna información sobre la naturaleza de la ofensa que le había aislado como un monstruo al que rehuían y odiaban todos sus vecinos.

—¿Qué dice la gente de por aquí sobre mí? —le preguntó un día mientras volvían a casa desde una finca cercana.

El viejo meneó la cabeza.

—Hay mucho resentimiento, un resentimiento mortal.

Ay, este es un asunto muy triste, muy triste.

Y no había manera de sacarle nada más claro.

Cierto anochecer claro y gélido, unos días antes de las fiestas navideñas, Stoner estaba en un rincón del huerto desde el que se contemplaba una amplia vista del campo. Aquí y allá podía ver los puntos titilantes del resplandor de lámparas o velas que indicaban la presencia de hogares en los que imperaban la benevolencia y la jovialidad propias de la estación. A sus espaldas se alzaba la lúgubre y silenciosa granja, en la que nadie reía, en la que hasta una discusión habría resultado alegre. Al volverse a mirar la fachada gris del melancólico y sombrío edificio, se abrió una puerta y el viejo George apareció viniendo a toda prisa. Stoner oyó cómo pronunciaba su nombre de adopción en un tono de tirante ansiedad. Supo al instante que algo funesto había sucedido y, con un rápido cambio de perspectiva, su santuario pasó a convertirse a sus ojos en un lugar de paz y contento que temía tener que abandonar.

—Señorito Tom —dijo el viejo en un ronco susurro—, debe escabullirse discretamente de aquí y no volver en unos días. Michael Ley ha vuelto al pueblo y ha jurado pegarle un tiro si le encuentra. Lo hará, seguro: lleva la muerte en los ojos. Escape al abrigo de la noche, solo por una semana o algo así; él no se quedará más tiempo.

—¿Pero a dónde voy a ir? —tartamudeó Stoner, contagiado del pánico evidente del viejo.

—Siga la costa hasta Punchford y escóndase allí. Cuando Michael se haya marchado, iré con la jaca ruana hasta el Dragón Verde, en Punchford; cuando usted la vea atada en el establo del Dragón Verde, será un signo de que puede volver.

—Pero... —comenzó Stoner vacilante.

—No hay problema con el dinero —dijo el otro—. La anciana señora está de acuerdo en todo lo que he dicho y me ha dado esto.

El viejo sacó tres soberanos y algo de plata.

Stoner se sentía más embustero que nunca mientras se escabullía aquella noche por el portón trasero de la granja con el dinero de la anciana en el bolsillo. El viejo George y el cachorro de Bowker permanecieron contemplándole desde el patio en silenciosa despedida. Apenas podía soñar con volver de nuevo y sintió una punzada de remordimiento por aquellos dos humildes amigos que aguardarían melancólicamente su regreso. Quizá algún día volvería el Tom real y aquellos sencillos granjeros quedarían sobrecogidos, preguntándose por la identidad del sombrío invitado que habían acogido bajo su techo. Respecto a su propio destino, no sentía una ansiedad acuciante; tres libras no son gran cosa cuando nada te respalda, pero para un hombre acostumbrado a contar su hacienda en peniques parece un buen punto de partida. La fortuna, caprichosamente, le había dado un amable giro la última vez que pisó aquellas veredas como un aventurero sin esperanza, y aún podía haber la posibilidad de encontrar algún trabajo y empezar desde cero; a medida que se alejaba de la granja su ánimo iba mejorando. Experimentaba una sensación de alivio al recuperar de nuevo su identidad perdida y dejar de ser el inquieto fantasma de otro. Apenas se molestó en especular sobre el implacable enemigo que había aparecido en su vida, pues esa vida quedaba atrás y un elemento irreal más importaba poco. Por primera vez en muchos meses se puso a tararear una cancioncilla ligera. Entonces surgió de entre las sombras de un frondoso roble un hombre con un arma. No había necesidad de preguntarse quién podía ser; la luz de luna que caía sobre su tenso y pálido rostro revelaba una mirada de odio como Stoner no había visto jamás en todos los vaivenes de su existencia. Se lanzó hacia un lado en un desesperado intento por escapar atravesando los arbustos que bordeaban el sendero, pero enseguida quedó enganchado a las gruesas ramas. La jauría del destino le había esperado en aquellos estrechos caminos, y esta vez no sería rechazada.

ESMÉ

—odas las historias de caza son iguales —aseguró Clovis—, del mismo modo que todas las de carreras de caballos y todas las...

—Esta historia de caza no se parece en lo más mínimo a ninguna de las que puedas haber oído —replicó la baronesa—. Sucedió hace ya bastante tiempo, cuando tenía unos veintitrés años. Por entonces no vivía separada de mi marido; en realidad, era porque ninguno de los dos podía permitirse una asignación independiente para el otro. En contra de todo lo que puedan decir los refranes, la pobreza mantiene unidos más matrimonios de los que rompe. Eso sí, siempre cazábamos en partidas separadas. En fin, todo esto no tiene nada que ver con la historia.

—Todavía no hemos llegado a la cacería. Porque supongo que hubo una cacería —apuntó Clovis.

—Por supuesto que hubo una cacería. Estaban todos los habituales en esos casos, en especial Constance Broddle, que es una de esas jovencitas robustas y rubicundas que combinan muy bien con un paisaje otoñal o con la decoración navideña de una iglesia. «Tengo el presentimiento de que va a suceder algo espantoso. ¿Estoy pálida?», me dijo.

»Estaba igual de pálida que una remolacha después de recibir una mala noticia de sopetón. "Tienes mejor aspecto que de costumbre", le contesté; "claro que eso en tu caso no resulta difícil". Antes de que tuviera tiempo de asimilar el sentido de ese comentario ya habíamos entrado en acción; los perros habían encontrado un zorro en unos arbustos de aulaga.

—Lo sabía —interrumpió Clovis—. En todas las historias sobre la caza del zorro que me han contado hay siempre un zorro y unos arbustos de aulaga.

—Constance y yo llevábamos buena montura —prosiguió la baronesa sin inmutarse— y no tuvimos dificultad para mantenernos a la cabeza del grupo, si bien la carrera fue bastante intensa. No obstante, ya cerca del final debimos de tomar una ruta bastante independiente, puesto que perdimos a los perros y acabamos avanzando penosamente y sin rumbo a varios kilómetros de distancia de cualquier lugar. Aquello era realmente exasperante y empecé a perder los nervios poco a poco, pero entonces, tras atravesar con dificultad un seto que nos permitió el paso, nos llenamos de alegría al toparnos con los perros, que estaban acorralando a su presa en un hoyo que quedaba justo a nuestros pies. «Ahí están», chilló Constance, antes de añadir con voz entrecortada: «Por todos los cielos, ¿qué están cazando?».

»Desde luego, no era un zorro común y corriente. En realidad no era un zorro: medía más del doble y tenía la cabeza corta y fea y el cuello sumamente grueso. "Es una hiena", exclamé; "se habrá escapado del parque de lord Pabham".

»En aquel momento la bestia acosada se volvió y quedó frente a sus perseguidores; los perros (que eran apenas unas seis parejas) se habían colocado formando media circunferencia y no parecían obrar con mucha sensatez. Estaba claro que se habían separado de la manada para seguir una pista desconocida que habían olisqueado, pero una vez acorralada la presa no sabían muy bien qué hacer.

»La hiena recibió nuestro acercamiento con un alivio inequívoco y demostraciones de cordialidad. Probablemente estaba acostumbrada al favor constante de los seres humanos, mientras que su primera experiencia con una jauría de perros le había causado mala impresión. Los sabuesos parecían aún más incómodos que antes frente a aquella repentina demostración de familiaridad de su presa para con nosotras y se aferraron a un bocinazo lejano y apenas perceptible para batirse en discreta retirada. Constance, la hiena y yo nos quedamos solas. El crepúsculo iba imponiéndose. "¿Qué vamos a hacer?", inquirió mi amiga. "Mira que te gusta hacer preguntas", observé yo. "Bueno, no podemos pasarnos toda la noche aquí con una hiena", replicó ella. "No sé yo qué idea tienes del bienestar, pero personalmente no me plantearía quedarme a pasar la noche aquí aunque no hubiera aparecido la hiena", aclaré; "puede que mi hogar no rebose de felicidad, pero al menos tiene agua corriente, servicio doméstico y otras comodidades que aquí no vamos a encontrar. Lo mejor será dirigirnos hacia esa hilera de árboles de la derecha; me imagino que la carretera de Crowley debe de estar detrás".

»Nos alejamos despacito por un camino de carros apenas marcado y la bestia nos siguió tranquilamente, pegada a los talones. "¿Qué demonios vamos a hacer con la hiena?", fue la pregunta inevitable. "¿Qué suele hacerse con este tipo de animales?", espeté, exasperada. "Yo es que nunca había tratado con ellos", dijo ella. "Pues yo menos. Si al menos supiéramos si es macho o hembra, podríamos bautizarla. A lo mejor podemos llamarla Esmé, que funcionaría en ambos casos", propuse.

»Aún había suficiente luz como para distinguir los objetos que iban surgiendo al borde del camino, y nuestros lánguidos espíritus se animaron un tanto cuando nos topamos con un gitanillo que iba medio desnudo y se dedicaba a recoger moras de un arbusto bastante bajo. La repentina aparición de dos mujeres a caballo y una hiena provocó que se pusiera a llorar, y de todos modos a duras penas habríamos conseguido extraer algún dato geográfico de utilidad de aquella fuente, pero sí existía la probabilidad de que diéramos con un campamento gitano en algún punto de nuestra ruta. Seguimos adelante con esperanza y sin incidentes durante otro kilómetro, aproximadamente. "Me gustaría saber qué estaba haciendo ese crío allí", comentó entonces Constance. "Recoger moras. Evidentemente". "No me ha gustado esa forma de llorar. No sé por qué, pero aún tengo esos gemidos metidos en los oídos", prosiguió mi amiga.

»No la reprendí por sus fantasías morbosas, pues, en realidad, esa misma sensación de que nos perseguía un gemido fastidioso y persistente iba afilándome más los nervios, que ya de por sí tenía de punta. Para tener compañía llamé a Esmé, que se había quedado algo rezagada. Con unos cuantos saltos ágiles nos alcanzó y luego pasó de largo como una flecha.

»Entonces se explicó el acompañamiento quejumbroso. El gitanillo iba aferrado con firmeza, y me imagino que también con dolor, entre sus mandíbulas. "¡Alabado sea el cielo! ¿Qué demonios podemos hacer? ¿Qué vamos a hacer?", chilló Constance.

»Estoy firmemente convencida de que en el juicio final Constance hará más preguntas que cualquiera de los serafines encargados del interrogatorio. "¿No podemos hacer nada?", insistió, sumida en un mar de lágrimas, mientras Esmé avanzaba tranquilamente a medio galope por delante de nuestras cansadas monturas.

»Yo, personalmente, estaba haciendo todo lo que se me ocurría en aquel momento. Bramé, regañé y rogué en inglés, en francés y en el idioma de los guardabosques; dibujé figuras absurdas e inútiles en el aire con la fusta sin tralla que llevaba y le lancé el estuche del bocadillo a la bestia. La verdad es que no sé qué más podría haber hecho. Y, mientras, seguíamos avanzando pesadamente por una oscuridad cada vez más absoluta, con aquella forma negra y tosca por delante y un sonsonete lúgubre metido en los oídos. De repente, Esmé se metió de un salto entre unos espesos matorrales que había a un lado, por donde no podíamos seguirla; el gemido alcanzó la categoría de chillido y luego cesó por completo. Esa parte de la historia siempre la cuento por encima, porque la verdad es que es muy desagradable. Cuando la hiena regresó a nuestro lado, tras una ausencia de varios minutos, desprendía cierto aire de resignación, como si supiera que había hecho algo que censurábamos, pero que ella consideraba absolutamente justificable. "¿Cómo puedes permitir que esa bestia voraz nos acompañe como si nada?", preguntó Constance. Se le iba poniendo cada vez más cara de remolacha albina. "En primer lugar, no puedo evitarlo. Y, en segundo lugar, Esmé puede ser todo lo que quieras, pero dudo que en este momento la domine la voracidad", opiné.

»Constance se estremeció y de inmediato hizo otra de sus preguntas fútiles: "¿Tú crees que el pobrecillo habrá sufrido mucho?". Me vi obligada a responder: "Todo parece indicar que sí, aunque, claro, siempre puede ser que se haya puesto a llorar por una mera rabieta. No sería la primera vez que a un niño le da por ahí".

»Estaba ya casi negro como la boca del lobo cuando de repente salimos a la carretera. El destello de unos faros y el zumbido de un automóvil pasaron rozándonos en aquel mismo instante. Un golpe seco y un aullido agudo de dolor siguieron al cabo de un segundo. El coche se detuvo y cuando hube regresado con el caballo hasta el lugar en cuestión me encontré a un joven encorvado sobre una masa oscura e inmóvil, tendida en el arcén. "Ha matado usted a mi Esmé", exclamé con amargura. "No sabe cuánto lo lamento", aseguró el individuo; "yo también tengo perros y sé cómo debe de sentirse. Haré todo lo que esté en mi mano para compensarla". "Le ruego que cave una fosa de inmediato. Creo que tengo derecho a pedírselo", repuse, y acto seguido ordené a su chófer: "Saca la pala, William".

»Estaba claro que los sepelios apresurados al borde de la carretera eran contingencias para las que iba preparado.

»Cavar una tumba lo bastante grande llevó su tiempo. "Bueno, bueno, es un magnífico ejemplar", comentó el desconocido cuando el cadáver ya rodaba hacia el fondo de la zanja; "mucho me temo que debía de ser un animal valioso". "El año pasado quedó en segundo lugar en la categoría de cachorros en Birmingham", señalé resueltamente.

»Constance resopló con exageración. "No llores, querida mía", contesté en tono afligido; "ha pasado todo en un instante, no puede haber sufrido mucho". "Bueno, vamos a ver", intervino el joven con cierta urgencia; "tiene que permitirme usted hacer algo a modo de reparación". Rehusé con delicadeza, pero cuando insistió le permití que anotara mi dirección.

»Por descontado, nos guardamos muy mucho de relatar los acontecimientos previos. Lord Pabham no llegó a anunciar la pérdida de su hiena; uno o dos años antes, tras extraviarse de su parque un animal estrictamente herbívoro, lo habían obligado a ofrecer una compensación en once casos en los que habían aparecido ovejas muertas, así como a repoblar

prácticamente las granjas avícolas de sus vecinos, por lo que una hiena huida le habría costado el equivalente de una subvención estatal. Los gitanos se mostraron igual de discretos con respecto al miembro de su prole desaparecido; digo yo que en los campamentos grandes tampoco deben de tenerlos bien contados y si faltan uno o dos será difícil que se percaten.

La baronesa hizo una pausa reflexiva y finalmente añadió:

—La aventura tuvo su colofón, eso sí. Me llegó por correo un brochecito de diamantes divino, con el nombre de Esmé engastado en un ramito de romero. Por cierto, que a raíz de aquello perdí la amistad de Constance Broddle. Resulta que al vender el broche me negué, con todo el derecho del mundo, a entregarle un porcentaje de las ganancias. Me permití recordarle que, por un lado, el nombre de Esmé me lo había inventado yo solita y, por otro, que la propiedad de la hiena correspondía a lord Pabham, en el supuesto de que de verdad hubiera sido suya, cosa de la que, por descontado, no tengo prueba alguna.

SREDNI VASHTAR

C onradin tenía diez años y según la opinión profesional del médico le quedaba menos de otro lustro de vida. El galeno era faldero y amanerado y no contaba para gran cosa, pero su diagnóstico quedó avalado por la señora De Ropp, que contaba para prácticamente todo. La dama en cuestión era prima y tutora de Conradin, y a ojos de este representaba las tres quintas partes del mundo que resultaban necesarias, desagradables y reales; los otros dos quintos, en perpetuo antagonismo con los anteriores, se concentraba en él mismo y en su imaginación. Conradin suponía que tarde o temprano acabaría sucumbiendo bajo el yugo avasallador de las cosas pesadas y necesarias, como las enfermedades, las restricciones sobreprotectoras y el tedio supino. Sin su imaginación, desenfrenada debido al acicate de la soledad, ya habría sucumbido hacía mucho.

Jamás, ni siquiera en sus momentos de sinceridad extrema, habría confesado la señora De Ropp para sus adentros que no soportaba a Conradin, aunque tal vez se habría percatado vagamente de que frustrarlo «por su propio bien» era una labor que no le resultaba especialmente fastidiosa. Conradin la odiaba con una sinceridad desesperada que lograba ocultar a la perfección. Los contados placeres que conseguía procurarse aumentaban en intensidad cuando cabía la posibilidad de que resultaran amargos para su tutora, y de la esfera de la fantasía del muchacho esta quedaba excluida por ser algo impuro que jamás se ganaría la entrada.

En el gris e inhóspito jardín, al que daban muchas ventanas dispuestas a abrirse con el mensaje de que no se podía hacer tal cosa o tal otra, o con el recordatorio de los medicamentos que era hora de tomar, poco atractivo hallaba. Los escasos árboles frutales que contenía estaban celosamente ubicados lejos de su alcance, como si se tratara de ejemplares poco comunes de su especie que hubieran brotado en un árido erial, y eso que probablemente habría costado encontrar a un hortelano que diera diez chelines por la totalidad de su producción anual. Sin embargo, en un rincón olvidado, casi escondido tras unos lúgubres arbustos, había un cobertizo de herramientas abandonado de proporciones considerables, dentro de cuyas paredes encontraba Conradin su refugio, un espacio que tanto podía parecer una sala de juegos como una catedral. Lo había poblado con una legión de fantasmas familiares, evocados, por un lado, a partir de fragmentos históricos y, por otro, a partir de su propio cerebro, pero aquella guarida podía enorgullecerse también de contar con dos inquilinos de carne y hueso. En un rincón vivía una gallina de Houdan de plumaje desgreñado a la que el muchacho colmaba de un afecto que prácticamente no hallaba otra salida. Más adentrada en la penumbra había una amplia conejera dividida en dos compartimentos, uno de los cuales tenía en la parte delantera unos barrotes de hierro bastante juntos. Se trataba de la morada de un turón, que el cómplice recadero de la carnicería había llevado clandestinamente en su día hasta su ubicación actual jaula incluida, a cambio de un pequeño alijo de monedas de plata atesorado durante largo tiempo. Conradin tenía un miedo espantoso a aquella fiera ágil de dientes afilados, si bien se trataba de su más preciada posesión. Su sola presencia en el cobertizo le provocaba una alegría secreta y aterradora; era algo que había que ocultar escrupulosamente al conocimiento de «esa mujer», que era el apodo furtivo con el que se refería a su tutora. Un buen día, a saber con qué materia prima, tejió un nombre formidable para la bestia, que desde aquel momento adquirió la talla de dios y de religión. Esa mujer se entregaba a la práctica religiosa una vez por semana en una iglesia cercana y se llevaba a Conradin, pero para este el oficio era un rito ajeno de la Casa de Rimón. Todos los jueves, en el silencio del cobertizo, con su escasa luz y su olor a humedad, hacía sus devociones con un ceremonial místico y complejo ante la conejera de madera donde residía Sredni Vashtar, el gran turón. Ofrecía en aquel santuario flores rojas cuando llegaba la estación y bayas escarlatas en invierno, pues se trataba de un dios que hacía especial hincapié en el lado fiero e impaciente de las cosas, en contraste con la religión de esa mujer, que, por lo que había llegado a observar Conradin, se decantaba en grandísima medida en dirección contraria. Con motivo de las fiestas de guardar, esparcía nuez moscada en polvo ante la jaula, ofrenda que se caracterizaba por el importante detalle de que la especia debía ser robada. Aquellas festividades se celebraban a intervalos poco regulares y principalmente se decretaban para conmemorar algún suceso pasajero. En una ocasión en que la señora De Ropp sufrió un fuerte dolor de muelas durante tres días, Conradin se entregó a una celebración de tres jornadas enteras de duración y casi logró convencerse de que Sredni Vashtar era personalmente responsable del sufrimiento de su prima. Si el dolor se hubiera prolongado un día más, las reservas de nuez moscada se habrían agotado.

En ningún momento había implicado a la gallina de Houdan en el culto a Sredni Vashtar. Hacía ya tiempo que había decidido que el ave era anabaptista. No se las daba de tener la más remota idea de lo que era un anabaptista, pero albergaba la secreta esperanza de que se tratara de algo bohemio y no muy respetable. La señora De Ropp marcaba la pauta según la cual el muchacho medía y detestaba toda respetabilidad.

Transcurrido cierto tiempo, la dedicación de Conradin al cobertizo de herramientas empezó a llamar la atención de su tutora. «No le conviene pasarse el día por ahí a la intemperie», decidió, sin pensárselo dos veces, y así una mañana a la hora del desayuno anunció que la noche anterior la gallina de Houdan se había vendido y entregado a su comprador. Con mirada miope escrutó a Conradin a la espera de un arrebato de rabia y de dolor, que estaba pronta a reprender con una ristra de preceptos y razonamientos insuperables, pero el niño no abrió la boca: no había nada que decir. Tal vez algo en su semblante pálido y resuelto despertó un fugaz escrúpulo en la señora De Ropp, porque aquella tarde a la hora de la merienda aparecieron en la mesa tostadas, manjares que por lo general prohibía con el argumento de que no le sentaban bien, y también porque su preparación daba «trabajo», ofensa mortal a ojos de una mujer de clase media.

—Creía que te gustaban las tostadas —exclamó con gesto herido al darse cuenta de que ni las tocaba.

—A veces —repuso Conradin.

Antes del anochecer, en el cobertizo, se produjo una innovación en el culto al dios de la conejera. Conradin tenía por costumbre cantar sus alabanzas, pero en aquella ocasión solicitó su ayuda:

—Un favor te pido, Sredni Vashtar.

No concretó de qué se trataba. Dado que Sredni Vashtar era un dios, lo lógico era que ya lo supiera. Así, tras reprimir un sollozo al dirigir la vista hacia el otro rincón, ya vacío, Conradin regresó al mundo que con tantas ganas detestaba.

En adelante, todas las noches en la grata oscuridad de su cuarto y todas las tardes en la penumbra del cobertizo se escuchó la amarga letanía de Conradin:

—Un favor te pido, Sredni Vashtar.

La señora De Ropp advirtió que las excursiones al jardín no cesaban y un día hizo otro viaje de inspección.

—¿Qué guardas en esa conejera cerrada con candado? —quiso saber—. Para mí que son cobayas. Ya me encargaré yo de que desaparezcan de ahí.

Conradin apretó los labios y esa mujer puso patas arriba su dormitorio hasta dar con la llave, que estaba escondida con esmero. De inmediato se dirigió resueltamente al cobertizo para completar su descubrimiento. Era una tarde fría y Conradin había recibido orden de permanecer en casa. Desde la ventana más alejada del comedor se distinguía con dificultad la puerta del cobertizo tras la esquina de los matorrales y allí se pertrechó. Vio entrar a esa mujer y luego se imaginó que abría la puerta de la jaula sagrada y escudriñaba con aquellos ojos miopes el denso lecho de paja en el que se ocultaba el dios. Quizá, con la torpeza y la impaciencia que la caracterizaban, llegara a hurgar en la paja. En ese momento, el muchacho musitó por última vez su ferviente oración, aunque al rezar se dio cuenta de que no tenía fe. Estaba convencido de que esa mujer saldría enseguida con la sonrisa fruncida que tanto detestaba pintada en la cara, y de que al cabo de una o dos horas el jardinero se llevaría a su maravilloso dios, que ya habría dejado de serlo para quedarse en simple turón pardo encerrado en una conejera. Y estaba también convencido de que esa mujer triunfaría siempre como estaba triunfando entonces, y de que él se pondría aún más enfermo, sometido a la persecución y la autoridad de esa sabelotodo, hasta que un día ya nada le importaría gran cosa y se demostraría que el médico tenía razón. Ante el azote y el tormento de su derrota, se puso a entonar en voz alta y desafiante el himno de su amenazado ídolo:

> Sredni Vashtar embistió;
> rojas eran sus ideas y blancos sus dientes.
> Sus enemigos suplicaban paz, pero él les dio muerte.
> Sredni Vashtar, el Hermoso.

Interrumpió el cántico en seco y se acercó más al cristal de la ventana. La puerta del cobertizo seguía entreabierta y los minutos iban pasando. Con lentitud, sí, pero pasaban. Vio a los estorninos corretear y revolotear en pequeñas bandadas por la hierba; los contó una y otra vez, con un ojo siempre clavado en la puerta de vaivén. Entró entonces una criada con cara de pocos amigos a poner la mesa para la merienda, pero Conradin permaneció allí de pie, observando esperanzado. La ilusión había ido conquistando poco a poco su corazón y entonces una mirada de triunfo empezó a brillar en sus ojos, que solamente habían conocido la paciencia melancólica de la derrota. Entre dientes, con furtivo júbilo, reanudó el canto a la victoria y la devastación. Al poco tiempo sus ojos recibieron la recompensa: por la puerta salió una bestia alargada, baja y de un amarillo parduzco, que parpadeaba al toparse con la ya tenue luz del exterior y que presentaba unas manchas húmedas y oscuras por el pelaje de las fauces y la garganta. Conradin cayó de rodillas. El gran turón avanzó hasta un arroyo que discurría al fondo del jardín, bebió durante un instante y después lo cruzó por un puentecito

construido con un tablón para perderse de vista entre los arbustos. De ese modo se produjo la desaparición de Sredni Vashtar.

—La merienda está lista —anunció la criada con cara de pocos amigos—. ¿Y la señora?

—Salió al cobertizo hace un rato —informó Conradin.

Así, mientras la sirvienta iba a llamar a su señora para merendar, Conradin extrajo un tenedor largo de tostar del cajón del aparador y procedió a tostarse una rebanada de pan. Durante ese proceso y también durante el de aplicación de una buena cantidad de mantequilla y el de lenta y placentera deglución, Conradin fue escuchando los ruidos y los silencios que se sucedían con veloces espasmos al otro lado de la puerta del comedor: el alarido ensordecedor y ridículo de la criada, las exclamaciones de asombro que contestaron desde la zona de la cocina a modo de coro, los pasos atropellados y las misiones apresuradas en busca de ayuda exterior, y por fin, tras una tregua, los sollozos atemorizados y las pisadas arrastradas de quienes llevaban una pesada carga al interior de la casa.

—¿Quién va a darle la noticia al pobre niño? ¡Yo no podría por nada del mundo! —exclamó una voz estridente.

En eso, mientras los criados debatían la cuestión, Conradin optó por prepararse otra buena tostada.

EL HUEVO DE PASCUA

Sin ningún lugar a dudas, lady Barbara, descendiente de un buen linaje de guerreros y una de las mujeres más valerosas de su generación, había tenido mala suerte con el hecho de que su hijo fuera un cobarde sin paliativos. Con independencia de sus virtudes (y en cierto sentido resultaba encantador), estaba claro que nadie habría tomado a Lester Slaggby por un valiente. De niño había padecido una timidez bien infantil; de muchacho, un miedo nada juvenil, y al llegar a la edad adulta había abandonado los temores irracionales por otros aún más tremendos, pues tenían un fundamento meditado con detenimiento. Los animales le producían franco pavor, las armas de fuego lo ponían nervioso y jamás hacía la travesía del canal de la Mancha sin haber calculado mentalmente la proporción numérica de salvavidas y pasajeros. Al montar a caballo parecía requerir más brazos que un dios hindú: como mínimo cuatro para aferrar las riendas y dos más para dar palmaditas en el cuello al animal y así tranquilizarlo. Lady Barbara había dejado de fingir que no se percataba de la flaqueza fundamental de su hijo, pero con el arrojo que la caracterizaba plantaba cara a la verdad, y como madre que era no dejaba de quererlo.

Viajar por el continente, por cualquier rincón alejado de los grandes circuitos turísticos, era una de las aficiones predilectas de lady Barbara, y Lester la acompañaba siempre que podía. Por Pascua solía encontrarse en Knobaltheim, localidad de montaña enclavada en uno de esos diminutos principados que aparecen como tímidos puntitos en el mapa de la Europa central.

Su trato con la familia reinante, que venía de antiguo, la convertía en personaje de merecida importancia a ojos de su viejo amigo el burgomaestre, y tan ilustre autoridad la consultó con inquietud en la trascendental ocasión en la que el príncipe anunció su intención de acudir en persona a la inauguración de un sanatorio situado a las afueras del municipio. Se habían dispuesto todos los pormenores habituales de un programa de bienvenida, algunos de ellos ridículos y trillados y otros pintorescos y encantadores, pero el burgomaestre albergaba la esperanza de que la hábil dama inglesa aportara alguna sugerencia novedosa y de buen gusto que realzara el leal recibimiento. La limitada fama del príncipe en el mundo exterior lo cataloga de reaccionario anticuado, de gobernante que combatía el progreso moderno, por así decirlo, con espada de madera; sin embargo, para sus súbditos se trataba de todo un caballero, afable y ya entrado en años, que se había ganado sus simpatías con cierta majestuosidad que nada tenía de petulancia. Knobaltheim ardía en deseos de hacer un buen papel. Lady Barbara trató la cuestión con Lester y con una o dos de sus amistades en el hotelito donde se alojaba, pero les costó dar con una idea adecuada.

—¿Me permite la *gnädige Frau* sugerir algo? —intervino una señora de tez cetrina y pómulos marcados a la que la inglesa había tratado una o dos veces y a la que había catalogado de probable eslava meridional. Hablaba con cierto entusiasmo no exento de timidez—. ¿Me permite sugerir algo para el banquete de bienvenida? Ponemos a nuestro niño, a esta criaturita, un vestidito blanco con alitas, como si fuera ángel de Pascua, y lleva gran huevo de Pascua blanco, y dentro hay cesta de huevos de chorlito, que tanto gustan al príncipe, que lo recibe como ofrenda pascual. Es idea muy preciosa que vimos una vez que hacían en Estiria.

Lady Barbara contempló sin mucho convencimiento al aspirante a ángel de Pascua, un niño de piel blanca y rostro inexpresivo que tendría unos cuatro años. Ya se había fijado en él el día anterior en el hotel, cuando el hecho de que una criatura tan rubia tuviera unos padres de tez tan morena como la mujer y su esposo había despertado su curiosidad; se dijo que probablemente lo habrían adoptado, sobre todo porque no se trataba de una pareja joven.

—Por supuesto que la *gnädige Frau* acompaña a la criaturita hasta el príncipe —prosiguió la señora—, pero se portará muy bien y obedecerá.

—Tenemos *huefos* de chorlito que *llegarrán* frescos de *Fiena* —apostilló su marido.

El niño y lady Barbara compartían la falta de entusiasmo ante la exquisita idea y Lester manifestó su rechazo, pero el burgomaestre se mostró encantado cuando llegó a sus oídos. La conjunción de sentimentalismo y huevos de chorlito hizo mella en su mente teutónica.

Al llegar tan señalado día, el angelito de Pascua, con un atuendo sin duda precioso y pintoresco, se convirtió en centro del interés afable de la multitud congregada para recibir a su alteza. La madre se mostraba discreta y menos quisquillosa que la mayoría de padres en circunstancias de ese orden; se limitó a estipular que debía ser ella quien colocara el huevo de Pascua en los bracitos a los que con tanto esmero se había enseñado a sostener la preciada carga. A continuación, lady Barbara se adelantó y la criatura empezó a marchar a su lado con porte imperturbable y adusta determinación. Le habían prometido pasteles y dulces en abundancia si hacía entrega del huevo como era debido a aquel señor mayor y encantador que esperaba recibirlo. Lester había tratado de hacerle entender en privado que cualquier error en su participación en el acto tendría como consecuencia una buena zurra, pero, dado su escaso dominio del alemán, cabe dudar de que le provocara algo más que una angustia pasajera. Por su parte, lady Barbara había tenido la precaución de proveerse de una buena reserva de bombones como tabla de salvación; en ocasiones, los niños pueden adaptarse a las condiciones imperantes, pero el buen tiempo no suele durar. Cerca ya del principesco estrado, lady Barbara se hizo a un lado con discreción y el infante

de gesto impasible siguió avanzando en solitario, con paso ligeramente vacilante pero resuelto, alentado por el murmullo de apoyo de sus mayores. Lester, situado en primera fila de la multitud, se volvió para buscar entre los presentes los rostros radiantes de los felices padres. En una calleja que iba a desembocar en la estación de tren divisó un coche de caballos al que se subía la pareja de faz morena que tan convincente había resultado en su afán de llevar a cabo la «bonita idea». Su agudo instinto de cobardía le permitió comprender la situación en una fracción de segundo. Empezó a hervirle la sangre, que confluía en su cabeza con un desbordamiento que abría miles de compuertas en las venas y las arterias, como si su cerebro fuera la esclusa en la que confluyeran todos los torrentes. Lo veía todo borroso a su alrededor. A continuación, la sangre empezó a descender en oleadas apresuradas, hasta que tuvo la impresión de que el mismísimo corazón se le vaciaba por completo, y se quedó inmóvil, sin fuerzas, impotente, mirando como un pasmarote al niño que portaba su infausta carga a base de pasitos lentos pero incesantes y que cada vez se acercaba más al grupo de autoridades que lo aguardaban como corderitos. Una curiosidad hipnótica empujó a Lester a volver la cabeza hacia los fugitivos; el coche se alejaba como alma que lleva el diablo en dirección a la estación.

Al cabo de un instante, Lester ya había echado a correr, a correr a una velocidad a la que ninguno de los presentes había visto jamás correr a un hombre…, pero no para huir. En aquel instante único de su vida se apoderó de él un impulso inusitado, un eco del linaje del que procedía, y se lanzó sin dudarlo y a la carrera hacia el peligro. Se abalanzó sobre el huevo de Pascua y trató de asirlo como quien pretende aferrar un balón de rugby. No se había planteado lo que iba a hacer con él; lo importante era atraparlo. Sin embargo, la criatura había recibido la promesa de pasteles y dulces si lo entregaba sin contratiempos a aquel señor mayor y encantador: no emitió ningún chillido, pero se pegó a él como una lapa. Lester cayó de rodillas, sin dejar de tirar ferozmente del objeto que el niño tan firmemente aferraba, y los escandalizados espectadores prorrumpieron en gritos de furia. A su alrededor se formó un corro inquisitivo y amenazador que al momento retrocedió al oírle chillar una palabra espeluznante. Lady Barbara también la oyó y vio huir a la multitud cual rebaño de ovejas en desbandada, vio que los escoltas se llevaban al príncipe por la fuerza y sin la más mínima ceremonia y vio asimismo a su propio hijo postrado boca abajo, presa de un ataque de terror irrefrenable, pues su acceso de valentía había quedado frustrado por la inesperada resistencia del crío, que seguía aferrado con desesperación, como si ello fuera a salvarlo, a aquella baratija de un blanco satinado, incapaz de alejarse a rastras siquiera de su mortal vecino, capaz únicamente de chillar, chillar y chillar. Llegó a tener la vaga conciencia de contraponer (o al menos de tratar de hacerlo) la abyecta vergüenza que había subyugado a Lester y el único acto claro de valor de toda su vida, que lo había empujado a lanzarse, majestuosa y alocadamente, hacia el foco del peligro. Lo pensó apenas durante los escasos segundos en que se quedó observando las dos figuras entrelazadas, la criatura de rostro rígido y obstinado y cuerpo tensado por la empecinada resistencia y el joven flácido y ya casi muerto de un terror que prácticamente ahogaba sus chillidos. Por encima de sus cabezas, las largas cintas de gala se agitaban alegremente bajo la luz del sol. Lady Barbara jamás olvidaría aquella escena, pero, claro, también es cierto que fue lo último que vio.

La señora pasea por el mundo su rostro desfigurado y sus ciegos ojos con el mismo arrojo de siempre, pero al llegar la Pascua sus amigos llevan cuidado de que no llegue a sus oídos mención alguna del símbolo infantil de esa festividad.

EL BARCO DEL TESORO

E l gran galeón yacía semienterrado bajo las arenas, las algas y las aguas de la bahía septentrional donde lo habían enclavado hacía mucho tiempo los azares de la guerra y los elementos. Tres siglos y cuarto habían pasado desde el día en que se había hecho a la mar como componente importante de una escuadra de guerra, aunque los eruditos no se ponían de acuerdo sobre la escuadra en concreto. El galeón no había aportado nada al mundo, pero sí se había llevado mucho de él, según la tradición y las crónicas. ¿Cuánto exactamente? También con respecto a eso discrepaban los eruditos. Algunos eran tan generosos con sus cálculos como un asesor fiscal, mientras que otros aplicaban un mayor grado de crítica a los cofres del tesoro sumergido y rebajaban su contenido al producto de la fantasía. A la primera escuela pertenecía Lulu, duquesa de Dulverton.

La duquesa no solo creía en la existencia de un tesoro hundido de seductoras proporciones, sino que también pretendía conocer un método mediante el cual dicho tesoro podía ubicarse con precisión y recuperarse por poco dinero. Una tía por parte de madre había sido dama de honor en la corte de Mónaco y había demostrado particular interés en las investigaciones submarinas en las que tenía tendencia a sumergirse el soberano de ese principado, espoleado tal vez por sus restricciones terrenales. Gracias a la intervención de esa tía se había apercibido la duquesa de un invento, perfeccionado y prácticamente patentado por un sabio monegasco, mediante el cual podía estudiarse la vida doméstica de la sardina mediterránea a una profundidad de muchas brazas con una luz blanca y fría de intensidad superior a la de un salón de baile. Formaba parte de dicho invento (y era, a ojos de la duquesa, su parte más atractiva) una draga de succión eléctrica concebida especialmente para arrastrar hasta la superficie los objetos de interés y valor que pudrieran hallarse en los niveles más accesibles del lecho marino. La adquisición de los derechos del invento era cuestión de mil ochocientos francos, mientras que el aparato en sí costaba unos cuantos miles más. La duquesa de Dulverton era rica según los cánones aplicados por el mundo, pero albergaba la esperanza de serlo algún día de acuerdo con sus propios cómputos. Se habían creado compañías y se habían hecho esfuerzos una y otra vez a lo largo de tres siglos para buscar los supuestos tesoros de tan interesante galeón, pero con la ayuda de aquel invento consideraba Lulu que podría rastrear los restos de la embarcación de forma privada e independiente. Al fin y al cabo, uno de sus antepasados por vía materna descendía de los Medina Sidonia, de modo que la duquesa era de la opinión de que tenía tanto derecho como el que más a hacerse con el tesoro. Así pues, adquirió los derechos del invento y compró el artilugio.

Entre otros vínculos de consanguinidad y familiares varios, contaba Lulu con un sobrino llamado Vasco Honiton, joven caballero que había tenido en suerte una pequeña renta y una gran parentela, de tal manera que vivía con imparcialidad y precariedad de ambas fuentes de ingresos. Le habían puesto el nombre de Vasco posiblemente con la esperanza de que se situara a la altura de la tradición aventurera que comportaba, pero él se limitaba estrictamente a las aventuras de tipo doméstico y prefería explotar lo asegurado antes que ponerse a explorar lo desconocido. El trato de la duquesa con él se había limitado en los últimos años a una serie de procesos negativos: se encontraba de viaje siempre que iba a visitarla y andaba escasa de dinero cada vez que recibía una carta suya. Sin embargo, en aquel momento, Lulu recordó la extraordinaria idoneidad de su sobrino para llevar las riendas de una expedición encaminada a buscar un tesoro: si había alguien capaz de sacar oro de una situación poco halagüeña, ese era sin duda Vasco..., aunque por descontado con la necesaria salvaguardia de una buena supervisión. Cuando entraba en juego el dinero, la conciencia de Vasco tendía a sufrir accesos de un silencio obstinado.

En una zona de la costa occidental de Irlanda, el patrimonio de los Dulverton contaba con unos cuantos acres de guijarros, piedras y brezo que resultaban demasiado yermos para albergar el más mínimo cultivo, pero que comprendían una bahía pequeña aunque bastante profunda donde la pesca de la langosta era buena casi todas las temporadas. Había una lóbrega casita en los terrenos y, para quienes sentían debilidad por las langostas y la soledad (y eran capaces de aceptar las ideas de un cocinero irlandés con respecto a lo que podía perpetrarse en nombre de la mayonesa), Innisgluther suponía un exilio tolerable durante los meses veraniegos. Lulu apenas acudía, pero sí prestaba la casa con generosidad a amigos y parientes. En ese momento la puso a disposición de Vasco.

—Será el lugar idóneo para practicar y experimentar con el aparato de rescate —señaló—. La bahía tiene zonas bien profundas y tendrás oportunidad de probarlo todo a conciencia antes de empezar a buscar el tesoro.

Al cabo de menos de tres semanas se presentó Vasco para informar sobre sus progresos.

—El aparato funciona a las mil maravillas —aseguró a su tía—. A mayor profundidad, mayor claridad de visión. ¡Y además hemos dado con lo que parece un barco hundido para hacer prácticas!

—¡Un naufragio en la bahía de Innisgluther! —exclamó Lulu.

—Un barco a motor sumergido, el Sub-Rosa.

—¡No! ¿De verdad? Es el del pobre Billy Yuttley. Recuerdo que se hundió en las proximidades de esa costa hará unos tres años. El mar arrastró el cadáver hasta el cabo. En aquel momento, la gente dijo que había volcado expresamente... Que era un suicidio. Siempre dicen esas cosas cuando sucede una tragedia.

—Pues en este caso acertaron.

—¿Qué quieres decir? —se apresuró a preguntar la duquesa—. ¿Qué te hace pensar eso?

—No es que lo piense, es que lo sé —se limitó a contestar Vasco.

—¿Lo sabes? ¿Cómo puedes saberlo? ¿Cómo puede saberse? Si sucedió hace tres años...

—En un cajón cerrado con llave del Sub-Rosa he encontrado una caja fuerte estanca. Contenía papeles.

Vasco hizo una pausa dramática antes de rebuscar durante un instante en el bolsillo interior de la pechera del abrigo. Sacó una hoja doblada por la mitad. La duquesa se la arrebató con una urgencia casi indigna y se acercó considerablemente a la chimenea.

—¿Y esto estaba en la caja fuerte del Sub-Rosa?—preguntó.

—Ah, no —contestó Vasco despreocupadamente—; eso es una lista de gente conocida que se vería envuelta en un desagradable escándalo si se hicieran públicos los papeles del Sub-Rosa. A ti te he puesto la primera. Luego ya he seguido el orden alfabético.

La duquesa repasó con impotencia la ristra de nombres, que en un principio parecía incluir a casi todo el mundo que conocía. A decir verdad, verse a la cabeza de la lista le dejó las facultades mentales casi paralizadas.

—Por supuesto, los habrás destruido —quiso saber cuando se hubo recuperado un tanto. Era consciente de la absoluta falta de convicción que había en su voz.

Vasco negó con la cabeza.

—Pues deberías —replicó Lulu con malestar—. Si, como tú mismo dices, son sumamente comprometedores...

—Ah, sí, desde luego, eso te lo garantizo —la interrumpió el joven.

—Pues entonces deberías ponerlos a buen recaudo de inmediato. En el caso de que algo llegara a filtrarse, piensa en todos esos pobres desgraciados que se verían implicados en las revelaciones. —Lulu dio unos golpecitos a la lista con aire alterado.

—Unos desgraciados tal vez sean, pero de pobres no tienen nada —la corrigió Vasco—. Si lees la lista con detenimiento, comprobarás que no me he molestado en incluir a nadie cuya solvencia no estuviera fuera de toda duda.

Lulu se quedó observando a su sobrino durante unos momentos en silencio y luego preguntó con voz ronca:

—¿Qué piensas hacer?

—Nada... durante el resto de mis días —respondió él con elocuencia—. Cazar un poco, puede. Y comprarme una casa en Florencia. «Villa Sub-Rosa» quedaría bastante pintoresco, ¿no te parece?, y una buena cantidad de gente podría conferirle sentido al nombre. Además de eso, supongo que debería buscarme una afición: seguramente coleccionaré cuadros de Raeburn.

La tía de Lulu por parte de madre que vivía en la corte de Mónaco recibió una respuesta bastante seca cuando se le ocurrió escribir para recomendar otro invento relacionado con las investigaciones marinas.

EL MÉTODO
SCHARTZ-METTERKLUME

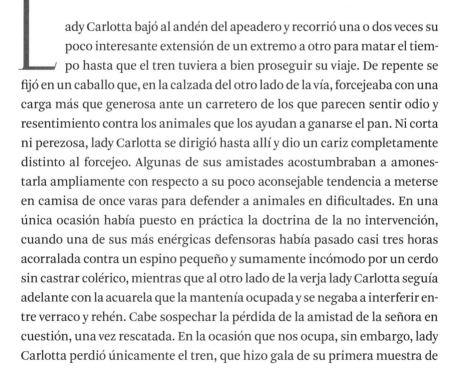

ady Carlotta bajó al andén del apeadero y recorrió una o dos veces su poco interesante extensión de un extremo a otro para matar el tiempo hasta que el tren tuviera a bien proseguir su viaje. De repente se fijó en un caballo que, en la calzada del otro lado de la vía, forcejeaba con una carga más que generosa ante un carretero de los que parecen sentir odio y resentimiento contra los animales que los ayudan a ganarse el pan. Ni corta ni perezosa, lady Carlotta se dirigió hasta allí y dio un cariz completamente distinto al forcejeo. Algunas de sus amistades acostumbraban a amonestarla ampliamente con respecto a su poco aconsejable tendencia a meterse en camisa de once varas para defender a animales en dificultades. En una única ocasión había puesto en práctica la doctrina de la no intervención, cuando una de sus más enérgicas defensoras había pasado casi tres horas acorralada contra un espino pequeño y sumamente incómodo por un cerdo sin castrar colérico, mientras que al otro lado de la verja lady Carlotta seguía adelante con la acuarela que la mantenía ocupada y se negaba a interferir entre verraco y rehén. Cabe sospechar la pérdida de la amistad de la señora en cuestión, una vez rescatada. En la ocasión que nos ocupa, sin embargo, lady Carlotta perdió únicamente el tren, que hizo gala de su primera muestra de impaciencia en todo el viaje y se marchó sin ella. La viajera aceptó el abandono con filosófica indiferencia; sus amigos y sus familiares estaban más que acostumbrados a que su equipaje llegara sin ella. Envió a su destino un telegrama ambiguo e impreciso en el que anunciaba que llegaría «en otro tren» y, antes de tener tiempo de pensar qué hacer a continuación, se plantó ante ella una dama de atuendo imponente que pareció entregarse a hacer un prolongado inventario mental de su ropa y de su aspecto en general.

—Tiene que ser usted la señorita Hope, la institutriz que he venido a recoger —proclamó la aparición en un tono que no se prestaba a mucha discusión.

—Si usted lo dice —repuso lady Carlotta para sí con una docilidad que no presagiaba nada bueno.

—Soy la señora Quabarl —prosiguió la recién llegada—; pero, a ver, ¿dónde está su equipaje?

—Se ha extraviado —contestó la supuesta institutriz, adhiriéndose a la practiquísima máxima que asegura que los ausentes son siempre los culpables; en realidad, el equipaje se había comportado con una corrección exquisita. Con mayor fidelidad a la verdad añadió—: Acabo de mandar un telegrama para informar de ello.

—Menudo fastidio —se quejó la señora Quabarl—. Estas empresas ferroviarias son de lo más negligentes. En fin, mi doncella puede prestarle algo para pasar la noche.

Y con esas palabras echó a andar hacia el automóvil.

Durante el trayecto hasta la mansión de los Quabarl, lady Carlotta fue descubriendo la naturaleza de los extraordinarios pupilos que le habían tocado en suerte; averiguó que Claude y Wilfrid eran unos jovencitos delicados y sensibles, que Irene tenía el temperamento artístico muy desarrollado y que Viola se ajustaba también a algún patrón común y corriente entre los niños del siglo xx pertenecientes a su clase social y su tipología.

—No deseo que les enseñe —dictaminó la señora Quabarl—, sino que los interese en lo que deben aprender. En las clases de historia, por ejemplo, debe tratar usted de que tengan la impresión de que se les presentan las vidas de hombres y mujeres que han existido de verdad, sin limitarse a soltarles un montón de nombres y fechas que memorizar. El francés, por descontado, espero que lo hable usted a la hora de las comidas varios días a la semana.

—Hablaré en francés cuatro días a la semana y en ruso los otros tres.

—¿En ruso? Mi querida señorita Hope, en casa nadie habla ruso ni lo entiende.

—No se preocupe, no me sentiré en absoluto violenta —contestó lady Carlotta con frialdad.

A la señora Quabarl se le bajó el copete, como suele decirse coloquialmente. Era una de esas personas con una confianza en sí mismas algo imperfecta que se muestran magníficas y autocráticas mientras no se encuentren con una oposición seria. El más mínimo despliegue de una resistencia inesperada basta para dejarlas acobardadas y contritas. Cuando la nueva institutriz no manifestó admiración y perplejidad ante el cochazo recién adquirido y, como quien no quiere la cosa, hizo alusión a la superioridad de una o dos marcas que acababan de salir al mercado, la turbación de su patrona se tornó casi absoluta. Sus sentimientos eran los que podrían haber azuzado a un general de la antigüedad al ser testigo de cómo los honderos y los lanzadores de jabalinas ahuyentaban ignominiosamente del campo de batalla a su elefante más pesado.

Aquella noche durante la cena, y a pesar de los refuerzos aportados por su esposo, quien habitualmente repetía sus opiniones y en líneas generales le ofrecía apoyo moral, la señora Quabarl no recuperó ni un ápice del terreno perdido. La institutriz no solo se sirvió vino con generosidad, sino que habló largo y tendido, y con una demostración considerable de conocimiento crítico, de distintos asuntos vitivinícolas con respecto a los cuales los Quabarl no podían de ningún modo presentarse como autoridades. Las institutrices anteriores habían limitado sus comentarios sobre los caldos a la manifestación respetuosa y sin duda alguna sincera de su preferencia por el agua. Cuando la nueva adquisición llegó incluso a recomendar una bodega en cuyas manos uno no podía equivocarse mucho, la señora Quabarl consideró que había llegado el momento de dirigir la conversación hacia cauces más convencionales.

—El canónigo Teep nos hizo llegar referencias muy satisfactorias de usted —comentó—. Se trata de un hombre muy estimable, en mi opinión.

—Empina el codo de mala manera y le pone la mano encima a su mujer, pero por lo demás es un personaje sumamente adorable —opinó la institutriz sin inmutarse.

—¡Pero, por favor, señorita Hope! Confío en que exagere usted —exclamaron los Quabarl a una.

—En justicia hay que reconocer que existe cierta provocación —prosiguió la imaginativa lady Carlotta—. La señora Teep es desde luego la jugadora de *bridge* más enervante con la que he compartido tapete jamás; sus indicaciones y declaraciones podrían excusar cierto grado de brutalidad por parte de su compañero, si bien bañarla con el contenido del único sifón de soda existente en la casa un domingo por la tarde, cuando resulta imposible conseguir otro, demuestra una indiferencia para con el bienestar de los demás que no puedo dejar de señalar. Podrán considerar que mis juicios son precipitados, pero si me marché fue prácticamente debido al incidente del sifón.

—Ya hablaremos de eso en otra ocasión —replicó la señora Quabarl apresuradamente.

—Jamás volveré a referirme a ello —concluyó la institutriz con decisión.

El señor Quabarl tuvo la feliz idea de desviar la charla hacia las enseñanzas que la nueva preceptora tenía previsto impartir por la mañana.

—Para empezar, historia —informó lady Carlotta.

—Ah, historia —repitió él con aire informado—. Mire, al enseñarles historia debe preocuparse de que se interesen en lo que aprenden. Tiene que encargarse de que se den cuenta de que se trata de las vidas de hombres y mujeres que existieron de verdad...

—Todo eso ya se lo he dicho —terció la señora Quabarl.

—Enseño historia de acuerdo con el método Schartz-Metterklume —anunció entonces la institutriz con altivez.

—Ah, ya —comentaron sus contertulios, a los que les pareció oportuno fingir que, al menos, conocían el nombre.

~

—Niñas, ¿qué hacéis aquí fuera? —quiso saber la señora Quabarl por la mañana, al encontrarse a Irene sentada bastante cabizbaja en lo alto de la escalera, mientras que, tras ella, su hermana estaba encaramada con gesto de abatimiento e incomodidad al asiento empotrado bajo la ventana y cubierta casi completamente por una alfombra de piel de lobo.

—Estamos en clase de historia —fue la inesperada respuesta—. Se supone que yo soy Roma, y Viola, la loba, pero no una loba de verdad, sino una estatua de una loba a la que los romanos tenían mucho aprecio, no me acuerdo por qué. Claude y Wilfrid se han ido a buscar a las andrajosas.

—¿Las andrajosas?

—Tienen que raptarlas. Ellos no querían, pero la señorita Hope ha sacado un bate de críquet de papá y les ha dicho que les propinaría una buena tunda si no iban, así que han ido.

Un griterío fuerte y rabioso procedente del jardín empujó a la señora Quabarl hasta allí a toda prisa, temerosa de que el castigo convenido estuviera en aquel momento en proceso de ejecución. Sin embargo, las causantes del alboroto eran principalmente las dos hijitas del guarda, a quienes arrastraban e impelían hacia la casa los jadeantes y desaliñados Claude y Wilfrid, cuya labor resultaba aún más ardua debido a los ataques incesantes, mas no muy efectivos, del hermano pequeño de la criatura capturadas. La institutriz, bate en mano, contemplaba la escena despreocupadamente, sentada en la balaustrada de piedra con el gesto de fría imparcialidad de una diosa de la batalla. Una cantinela enfurecida y repetitiva de «irá a mi mamá» surgió de los hijos del guarda, si bien la esposa de este, que era dura de oído, seguía por el momento enfrascada en la actividad relacionada con la tina de lavar. Tras lanzar una mirada aprensiva en dirección a la casa del guarda (pues la buena mujer había recibido el don del temperamento sumamente combativo que es en ocasiones privilegio de la sordera), la señora Quabarl se lanzó indignada al rescate de las revoltosas cautivas.

—¡Wilfrid! ¡Claude! Dejad en paz a esas criaturas de inmediato. Señorita Hope, ¿qué diablos significa esta escena?

—Historia de la Roma de los primeros tiempos, el rapto de las sabinas. ¿No le suena? Es el método Schartz-Metterklume, consistente en que los

niños comprendan la historia interpretándola ellos mismos; así se les queda grabada en la memoria, ¿sabe usted? Por descontado, si, gracias a esta injerencia, sus hijos pasan el resto de sus días convencidos de que las sabinas acabaron escapando, a mí no podrá considerárseme responsable, la verdad.

—Será usted muy lista y muy moderna, señorita Hope —replicó la señora Quabarl con firmeza—, pero me complacería que se fuera de aquí en el próximo tren. Se le hará llegar su equipaje en cuanto se reciba.

—No puedo confirmarle con exactitud mi paradero exacto en los próximos días —aseguró la destituida institutriz de la prole Quabarl—. Puede quedárselo hasta que le indique mi dirección en un telegrama. Son solamente un par de baúles, unos palos de golf y un cachorro de leopardo.

—¡Un cachorro de leopardo! —repitió la señora Quabarl con voz entrecortada.

Aun cuando se marchaba, aquella curiosísima persona parecía empeñada en dejar un rastro de contrariedades tras ella.

—Bueno, no, la verdad es que ya ha dejado en gran medida de ser un cachorro. Está prácticamente desarrollado, ¿sabe usted? Un ave de corral al día y un conejo los domingos es lo que suele dársele. La carne de ternera cruda lo excita en exceso. No se moleste en pedirme el coche, me apetece mucho dar un buen paseo.

Y de ese modo salió lady Carlotta del horizonte de los Quabarl.

La llegada de la verdadera señorita Hope, que se había equivocado con respecto al día en que se la esperaba, suscitó un tumulto que la mujer no estaba nada acostumbrada a provocar. Quedaba claro que la familia Quabarl había sido objeto de una lamentable tomadura de pelo, pero la noticia fue acompañada de cierto grado de alivio.

—Qué tormento, querida Carlotta —comentó su anfitriona una vez que la invitada llegó a su destino tras el retraso sufrido—. Qué tormento tan tremendo perder el tren y tener que pasar la noche en un lugar extraño.

—Uy, qué va, amiga mía —repuso lady Carlotta—, si no ha sido ningún tormento. Al menos para mí.

EL CUENTISTA

L a tarde era calurosa, el compartimento del tren resultaba en consecuencia sofocante y aún quedaba casi una hora para la siguiente parada, en Templecombe. Lo ocupaban una niña pequeña, otra pequeñísima y un niño sencillamente pequeño. Una tía perteneciente a las tres criaturas ocupaba uno de los asientos rinconeros y en el del otro lado iba un individuo soltero al cual el grupo no conocía, si bien eso no impedía que los tres niños invadieran enérgicamente todo el espacio. Tanto ellos como la tía se empeñaban en conversar, de forma limitada aunque persistente, lo que hacía pensar en la terquedad de una mosca que se niega a que la espanten. Daba la impresión de que la mayoría de las frases de la tía empezaban por «deja de…», y casi todas las de los niños por «¿y por qué?». El soltero no decía nada en voz alta.

—Deja de hacer eso, Cyril —advirtió la tía cuando la criatura se puso a dar manotazos a los cojines del asiento, lo que levantaba una nube de polvo cada vez—. Ven a mirar por la ventanilla.

El chiquillo fue hasta allí a regañadientes.

—¿Y por qué se llevan a las ovejas de ese prado? —preguntó.

—Supongo que se las llevan a otro donde haya más hierba —explicó la tía sin mucho afán.

—Pero si en ese hay un montón —protestó él—, está llenísimo. Tía, en ese prado hay muchísima hierba.

—Quizá la del otro prado sea mejor —aventuró la tía, por decir algo.

—¿Y por qué es mejor? —fue la rápida e inevitable pregunta.

—¡Ah, mira qué vacas! —exclamó la tía.

En casi todos los prados cercanos a las vías del tren había habido vacas o bueyes, pero la buena señora lo dijo como si se tratara de algo muy peculiar.

—¿Y por qué es mejor la hierba del otro prado? —insistió Cyril.

El entrecejo fruncido del soltero empezaba a presentar surcos muy profundos. Se trataba de un hombre insensible y antipático, según decidió la tía, que demostraba la más absoluta incapacidad de ofrecer una teoría satisfactoria sobre la hierba que crecía en el otro prado.

La menor de las dos niñas distrajo su atención al ponerse a recitar el poema *Mandalay*. Solo se sabía el primer verso, pero aprovechó al máximo las posibilidades de su limitado conocimiento y repitió la frasecita una y otra vez con voz etérea pero firme y muy audible; al soltero se le pasó por la cabeza la idea de que alguien le había apostado algo a que no repetía ese verso en voz alta dos mil veces sin tomar aire. Pues bien, fuera quien fuera esa persona, tenía todos los puntos para perder la apuesta.

—Venid, que voy a contaros un cuento —anunció la tía una vez que el soltero hubo mirado dos veces hacia ella y una hacia el cordón de la alarma.

Los sobrinos se dirigieron con desgana hasta el extremo del compartimento en el que iba su tía. Quedaba claro que su reputación como narradora no acababa de hacer excesiva mella en ellos.

Con voz comedida y en tono de confidencia, que quedaba interrumpido cada poco por las preguntas estridentes y desabridas de su público, dio inicio a un relato marcado por su escasa animación y por una falta de interés deplorable. Lo protagonizaba una niña pequeña que se portaba bien y que se hacía amiga de todo el mundo debido a su bondad para que al final una serie de héroes que admiraban su carácter moral la salvaran de un toro enloquecido.

—¿Y si no hubiera sido buena no la habrían salvado? —quiso saber la mayor de las dos sobrinas; era exactamente la misma pregunta que se hacía el soltero.

—Bueno, sí —reconoció la tía sin mucha convicción—, pero no creo que hubieran corrido tanto para ayudarla si no le hubieran tenido tanto aprecio.

—Es la historia más tonta que he oído en la vida—afirmó la niña con inmenso convencimiento.

—Yo después del principio ya no he prestado atención porque era una estupidez —apostilló Cyril.

La menor no dijo nada sobre el cuento, pero hacía un buen rato que había retomado la repetición susurrante de su verso de cabecera.

—No parece tener usted mucho éxito como cuentista —observó de repente el individuo desde su rincón.

La tía se puso a la defensiva de inmediato ante aquel ataque inesperado.

—Resulta muy difícil contar historias que los niños entiendan y aprecien al mismo tiempo —replicó con frialdad.

—No estoy de acuerdo —repuso él.

—Pues a lo mejor le apetece a usted contarles una —espetó la tía.

—Cuéntenos un cuento —demandó la mayor de las dos chiquillas.

—Érase una vez una niña que se llamaba Bertha y que era buenísima —empezó el soltero.

El interés de los chiquillos, que se había despertado por un momento, empezó a vacilar de inmediato; todos los cuentos se parecían espantosamente, daba igual quien los contara.

—Hacía todo lo que le ordenaban, decía siempre la verdad, llevaba la ropa limpia, se comía el arroz con leche como quien se come una tarta de chocolate, se aprendía la lección al dedillo y demostraba buenos modales.

—¿Era guapa? —preguntó la mayor de las sobrinas.

—No tanto como cualquiera de vosotros, pero era horriblemente buena.

Se levantó una ola de reacción a favor del cuento; relacionar lo horrible y lo bueno en una misma frase era una novedad que auguraba buenas perspectivas. Parecía surgir un tono de realismo que brillaba por su ausencia en las historias de la tía sobre la existencia infantil.

—De tan buena que era, había ganado varias medallas que siempre llevaba prendidas en el vestido —prosiguió el soltero—. Una era por obediencia, otra por puntualidad y la tercera por buen comportamiento. Eran grandes medallas de metal que tintineaban al andar. Ninguna otra criatura de la ciudad en la que vivía había conseguido tantas, así que todo el mundo sabía que debía de ser una chiquilla buenísima.

—Horriblemente buena —recordó Cyril.

—Todo el mundo hablaba de lo buena que era y al final el asunto llegó a oídos del príncipe de su país, que decretó que como era tan buena se le permitiera pasear una vez a la semana por su parque privado, que estaba a las afueras de la ciudad. Se trata de un prado precioso en el que los niños tenían prohibida la entrada, de modo que el permiso especial conseguido por Bertha era un gran honor.

—¿Había ovejas por el parque? —quiso saber Cyril.

—No —contestó el individuo soltero—, no había ovejas.

—¿Y por qué no había ovejas? —fue la pregunta inevitablemente propiciada por esa respuesta.

La tía se permitió una sonrisita que casi podría haberse adjetivado como burlona.

—En el parque no había ovejas porque en una ocasión la madre del príncipe había soñado que su hijo moriría o por culpa de una oveja o aplastado por un reloj de pared —aclaró el individuo soltero—. Por ese motivo el príncipe no tenía ninguna oveja en el parque ni ningún reloj de pared en el palacio.

La tía contuvo un grito ahogado de admiración.

—¿Y murió el príncipe por culpa de una oveja o aplastado por un reloj de pared? —preguntó Cyril.

—Sigue vivo, así que no podemos saber si el sueño se cumplirá —repuso el individuo soltero sin inmutarse—. En fin, no había ovejas en el parque, pero sí montones de cerditos que correteaban por todas partes.

—¿Y de qué color eran?

—Negros con la cara blanca, blancos con motas negras, completamente negros, grises con manchas blancas e incluso, en algunos casos, completamente blancos.

El cuentista hizo una pausa para permitir que el concepto general de los tesoros del parque se asentara en la imaginación de los niños y después prosiguió:

—A Bertha le dio mucha lástima descubrir que no había flores en el parque. Había prometido a sus tías, con lágrimas en los ojos, que no cogería ninguna florecilla de la propiedad del bondadoso príncipe, y lo había dicho con la intención de cumplir la promesa, así que por supuesto se sintió bastante tonta al ver que no había flores que coger.

—¿Y por qué no había flores?

—Pues porque se las habían comido los cerdos —explicó de inmediato el individuo soltero—. Los jardineros ya le habían dicho al príncipe que no podía tener cerdos y flores a la vez, así que se había decantado por los cerdos y había prescindido de las flores.

Se produjo un murmullo de aprobación ante la excelente decisión del príncipe; muchísima gente habría decidido lo contrario.

—En el parque había muchas otras cosas estupendas. Había estanques con peces amarillos, azules y verdes, y árboles con unos loros preciosos que decían cosas inteligentes sin previo aviso, y colibríes que tarareaban todas las canciones del momento. Bertha fue de un lado a otro, disfrutó de lo lindo y se dijo: «Si no fuera tan buenísima, no me habrían dado permiso para venir a este parque tan bonito a disfrutar de todo lo que hay por aquí», y sus tres medallas tintinearon al andar y le sirvieron de recordatorio de lo buenísima que era. En ese preciso instante apareció un lobo enorme que iba merodeando por el parque en busca de un cerdito bien gordo para cenar.

—¿Y de qué color era? —preguntaron los niños con el interés aún más estimulado.

—Tenía todo el cuerpo de color fango, la lengua negra y unos ojos de un gris claro que resplandecían con una ferocidad atroz. Lo primero que vio por el parque fue a Bertha, que llevaba el pichi tan blanquísimo y tan impoluto que se distinguía desde mucha distancia. Bertha también vio al lobo y se dio cuenta de que se le acercaba sigilosamente, así que empezaron a entrarle ganas de que no le hubieran dado permiso para entrar en el parque. Echó a correr con todas sus fuerzas y el animal salió tras ella pegando grandes brincos. La niña logró llegar a un seto de arrayanes y se escondió dentro de uno de los arbustos más espesos. El lobo se puso a olisquear por las ramas, con la negra lengua colgando de la boca y los ojos de un gris claro

desbordados de furia. Bertha estaba asustadísima y se dijo: «Si no hubiera sido tan buenísima, ahora estaría tranquilamente en la ciudad sin correr ningún peligro». Sin embargo, el aroma de los arrayanes era tan fuerte que el olfato del lobo no logró indicarle dónde se escondía la niña, y el seto era tan espeso que podría haberse pasado un buen rato buscándola sin dar con ella, así que le pareció que le convenía más irse a por un cerdito. Bertha temblaba como un flan al tener al lobo merodeando y olisqueando tan cerca, y con tanto tembleque la medalla por obediencia chocó contra las obtenidas por buen comportamiento y por puntualidad. La bestia se alejaba ya cuando oyó el tintineo del metal y se detuvo para aguzar el oído; las medallas volvieron a chocar en un arbusto bastante cercano. Se lanzó sobre él con los ojos de un gris claro, resplandecientes de ferocidad y triunfo, y sacó a Bertha a rastras para devorarla hasta el último bocado. Lo único que quedó de ella fueron los zapatos, jirones de la ropa y las tres medallas que le habían dado por ser buenísima.

—¿Y murió alguno de los cerditos?

—No, escaparon todos.

—El cuento ha empezado mal —recapacitó la niña pequeñísima—, pero el final ha sido precioso.

—Es el cuento más bonito que he oído en la vida —afirmó la mayor de las niñitas con una inmensa resolución.

—Pues yo es el único cuento bonito que he oído —apostilló Cyril.

La tía, por el contrario, expresó una opinión discrepante:

—¡Un relato de lo más improcedente para unos niños de su edad! Ha socavado usted el resultado de años de esmerada educación.

—En todo caso —replicó el soltero mientras recogía sus enseres en preparación para salir del compartimento— los he mantenido con la boca cerrada durante diez minutos, que es más de lo que ha conseguido usted.

Cuando ya recorría el andén de Templecombe, comentó para sus adentros: «¡Desdichada! Esos niños se van a pasar los próximos seis meses, más o menos, atosigándola en público para que les cuente "un relato improcedente"».

LA PUERTA ABIERTA

—Mi tía bajará enseguida, señor Nuttel —anunció una jovencita de quince años con mucho aplomo—. Mientras, deberá hacer lo posible para soportar mi compañía.

Framton Nuttel se esforzó para ofrecer una respuesta correcta que adulara debidamente a la sobrina en cuestión sin pasar por alto indebidamente a la tía que estaba por llegar. Para sus adentros dudó más que nunca de que aquella sucesión de visitas formales a completos desconocidos fuera a contribuir en exceso a la cura de reposo a la que debía someterse.

—Me lo veo venir —había dicho su hermana cuando Framton se disponía a emigrar a aquel refugio rural—. Te encerrarás a cal y canto en ese sitio, no hablarás con nadie en absoluto y sufrirás más que nunca de los nervios de tanto abatimiento. Voy a darte cartas de presentación para toda la gente que conozco por allí. Algunas personas, por lo que recuerdo, eran encantadoras.

Framton se planteó si la señora Sappleton, a quien estaba a punto de hacer entrega de una de aquellas misivas de presentación, entraría en el grupo encantador.

—¿Conoce a mucha gente de por aquí? —quiso saber la sobrina una vez que le pareció que la comunión silenciosa entre ambos se había prolongado lo suficiente.

—A casi nadie —reconoció Framton—. Mi hermana se alojó aquí, en concreto en la casa del párroco, hará unos cuatro años, y me ha dado cartas de presentación para determinadas personas.

Pronunció la última frase con un marcado desencanto en la voz.

—¿Entonces no sabe prácticamente nada de mi tía? —prosiguió la jovencita con el aplomo que la caracterizaba.

—Tan solo su nombre y su dirección —admitió el visitante.

Sentía curiosidad por saber si la señora Sappleton estaba casada o era viuda. En aquel cuarto, cierto aire indefinido apuntaba a una presencia masculina.

—Su gran tragedia sucedió hace apenas tres años —señaló la niña—; esto es, después de la época de su hermana de usted.

—¿Su tragedia? —repitió Framton; por algún motivo, aquel apacible rincón rural no parecía sitio para una tragedia.

—Puede que le sorprenda que tengamos esa puerta abierta de par en par en una tarde de octubre —comentó la sobrina señalando una gran cristalera que daba al jardín.

—Hace bastante calor para la época del año, pero ¿qué tiene que ver esa puerta con la tragedia?

—Precisamente por ella salieron de cacería, hace hoy exactamente tres años, el esposo y los dos hermanos menores de mi tía. No regresaron. Al cruzar el páramo que llevaba al terreno donde les gustaba cazar agachadizas, quedaron atrapados los tres en una ciénaga traicionera. Fue después de aquel verano de lluvias espantosas, sabe usted, y lugares que otros años habían sido firmes cedían de repente sin el más mínimo aviso. No se encontraron sus cadáveres. Eso fue lo más atroz. —Llegado este punto, la voz de la muchacha perdió el aplomo acostumbrado para quebrarse de un modo muy humano—. Mi pobre tía sigue convencida de que algún día regresarán, junto con el pequeño *spaniel* pardo que se perdió con ellos, y entrarán por esa puerta como era acostumbrado. Por eso se queda abierta todas las tardes hasta que acaba de hacerse de noche. Ay, pobre tía, cuántas veces me ha contado cómo salieron, su esposo con el abrigo blanco impermeable echado sobre el brazo y Ronnie, el menor de sus hermanos, cantando *¿Bertie, por qué saltas?*, como hacía siempre para tomarle el pelo, consciente de que esa tonada la sacaba de quicio. ¿Sabe usted?, alguna que otra tarde apacible como la de hoy casi tengo la espantosa sensación de que van a entrar todos ellos por esa puerta...

Se detuvo con un leve estremecimiento. Para Framton fue todo un alivio que la tía irrumpiera en el salón entre un torbellino de disculpas por su tardanza.

—Espero que Vera le haya servido de entretenimiento —deseó.

—Se ha mostrado muy interesante —contestó Framton.

—Y espero que no le moleste que tenga la puerta abierta —añadió la señora Sappleton con brío—; mi esposo y mis hermanos van a regresar dentro de nada de una cacería y siempre entran por ahí. Han salido a cazar agachadizas por los pantanos, así que me dejarán las alfombras hechas una pena. ¡Cómo son ustedes los hombres!

Siguió parloteando alegremente sobre la caza y la escasez de aves, así como sobre las posibilidades de que hubiera patos en invierno. Para Framton la situación resultaba del todo horripilante. Hizo un intento desesperado y apenas medianamente satisfactorio de desviar la conversación hacia un tema menos escabroso; era consciente de que su anfitriona le dedicaba tan solo una pequeña parte de su atención, puesto que en vez de mirarlo se le iban los ojos constantemente hasta la puerta abierta y el jardín que quedaba más allá. Sin duda, había sido una desgraciada coincidencia que su visita hubiera caído en aquel trágico aniversario.

—Los médicos han convenido en prescribirme reposo absoluto y prohibirme toda agitación mental y cualquier tipo de ejercicio mínimamente violento —anunció Framton, que abrigaba la ilusión, harto generalizada, de que la gente a la que no conocemos de nada o con la que nos cruzamos por casualidad arde en deseos de averiguar el más mínimo detalle de nuestras enfermedades y nuestras dolencias, causa y cura incluidas—. En el asunto de la dieta ya no están tan de acuerdo.

—¿Ah, no? —dijo la señora Sappleton con una voz que apenas logró ahogar un bostezo en el último momento.

Entonces, de improviso, pareció despertar y estar alerta..., pero no a lo que decía Framton.

—¡Por fin han regresado! —exclamó—. Justo a tiempo para tomar el té. ¡Y cualquiera diría que van cubiertos de barro hasta los ojos!

Framton se estremeció ligeramente y se volvió hacia la sobrina con una mirada que pretendía transmitir apoyo y comprensión. La muchacha había clavado los ojos en la puerta abierta con horror y aturdimiento. Un miedo indescriptible se apoderó con una descarga helada de Framton, que giró en redondo sin levantarse y miró en la misma dirección.

En el sombrío crepúsculo, tres figuras recorrían el jardín hacia la puerta; los tres individuos llevaban sendas escopetas bajo el brazo y uno iba también cargado con un abrigo blanco que se había echado por los hombros. Un *spaniel* pardo de aspecto cansado avanzaba pegado a sus talones. Se acercaban a la casa sin hacer ruido cuando de repente una voz joven y ronca canturreó desde la penumbra: «Te pregunto, Bertie, ¿por qué saltas?».

Framton echó mano del bastón y del sombrero como un poseso; la puerta de la casa, el camino de grava y la verja de entrada fueron etapas apenas percibidas de su precipitada retirada. Un ciclista que se aproximaba por la carretera tuvo que lanzarse hacia el seto para evitar una colisión inminente.

—Ya estamos aquí, cariño —saludó el portador del impermeable blanco mientras entraba por la puerta—. Vamos bastante embarrados, pero casi todo se ha secado. ¿Quién era ese que ha salido como alma que lleva el diablo cuando nos acercábamos?

—Un individuo de lo más extraordinario, un tal Nuttel —repuso la señora Sappleton—. No ha hablado de otra cosa más que de sus enfermedades y en cuanto llegáis sale como una exhalación sin una simple palabra de despedida o de disculpa. Cualquiera diría que ha visto un fantasma.

—Me temo que habrá sido por el *spaniel* —apuntó la sobrina sin inmutarse—; me ha contado que le aterran los perros. Por lo visto, en una ocasión una jauría de chuchos callejeros lo acorraló en un cementerio, cerca de la orilla del Ganges, y se vio obligado a pasar la noche en una tumba recién abierta mientras las bestias gruñían, enseñaban los dientes y echaban espumarajos por la boca justo al lado. Una cosa así destrozaría los nervios a cualquiera.

La fabulación espontánea era su especialidad.

LA CUADRATURA DEL HUEVO

(La guerra entre el barro de las trincheras, a vista de tejón)

E l tejón es sin duda el animal al que más se parece uno en esta guerra de trincheras, un ser con un pelaje de color deslucido que se mueve por la penumbra y la oscuridad, escarbando, hurgando, escuchando; manteniéndose todo lo limpio que puede en circunstancias desfavorables, luchando a brazo partido de vez en cuando para tomar posesión de unos pocos metros de tierra ampliamente taladrada.

Jamás llegaremos a saber lo que piensa el tejón de la vida, lo cual es una lástima, pero no puede hacerse nada; ya bastante cuesta saber qué piensa uno mismo en las trincheras. El parlamento, los impuestos, las reuniones sociales, las economías, los gastos y los mil y un horrores de la civilización en su totalidad se antojan sumamente lejanos, y la propia guerra parece casi igual de distante e irreal. A un par de centenares de metros, separado de uno por un trecho de terreno lúgubre y descuidado y unas cuantas tiras de alambrada oxidada, está el enemigo, que no deja de vigilar ni de disparar; en esas trincheras contrarias están al acecho en guardia, las huestes hostiles que podrían despertar la imaginación de la cabeza más indolente, descendientes de los hombres que batallaron a las órdenes de Moltke, de Blücher, de Federico el Grande y también del Gran Elector, de Wallenstein, de Mauricio de Sajonia, de Barbarroja, de Alberto el Oso, de Enrique el León y de Widukindo el Sajón. Están igualados a nuestras filas, hombre a hombre y arma a arma, dentro de la que tal vez sea la lucha más extraordinaria que ha conocido la historia moderna, y sin embargo es increíble lo poco que piensa uno en ellos. No sería recomendable olvidarse ni durante una fracción de segundo de que están ahí, pero la mente no se detiene en su existencia; uno especula poco sobre si beben sopa caliente y comen salchichas, o si en cambio pasan frío y hambre, sobre si están bien abastecidos de ejemplares de las *Meggendorfer Blätter* y demás literatura ligera o sumidos en un hastío inenarrable.

Mucho más merecedor de atención que el enemigo de más allá o la guerra que asola toda Europa es el barro del momento, el barro que en ocasiones te envuelve como el queso envuelve a los ácaros que lo infestan. En los jardines zoológicos uno ha visto a un alce o a un bisonte holgazanear encantados, metidos hasta por encima de la rodilla en un lodazal pastoso, y se ha planteado cómo sería estar así de empapado y embadurnado de barro durante una hora. Ahora ya lo sabe. En angostas trincheras de apoyo, cuando aparecen de repente el deshielo y las lluvias torrenciales tras una helada, cuando todo lo que te rodea está negro como la boca del lobo y solo consigues avanzar dando traspiés, orientándote a tientas por muros de barro chorreantes, cuando tienes que meterte a cuatro patas en bastantes centímetros de barro que parece sopa para arrastrarte hasta un refugio subterráneo, cuando vives metido en el barro, te apoyas en el barro, agarras objetos sumidos en el barro viscoso con dedos cubiertos de barro endurecido, parpadeas para quitarte el barro de los ojos y agitas la cabeza para que salga de las orejas, y cuando muerdes galletas embarradas con dientes que tienen restos de barro, al menos estás en condiciones de comprender en profundidad qué sienten al revolcarse así; por otro lado, la diversión del bisonte te resulta cada vez más incomprensible.

En los momentos en que no se obsesiona con el barro, uno piensa probablemente en los *estaminets*, que son guaridas que encuentra en buenas cantidades en casi todas las ciudades y los pueblos de la zona; siguen funcionando como si tal cosa en mitad de casas sin tejado que han quedado abandonadas, están remendados de forma improvisada donde se haya hecho necesario y se nutren de una nueva y provechosa hornada de clientes surgida de las filas de los soldados que han sustituido al grueso de la población civil. Un *estaminet* es un cruce entre una bodega y una cafetería, con una barra diminuta en un rincón, unas cuantas mesas largas con bancos, una cocina de leña bastante bien visible, por lo general una tiendecita de comestibles en la parte de atrás y siempre dos o tres niños que corretean y dan golpetazos colocados en ángulos incómodos con respecto a los pies de los parroquianos. Se diría que hay una norma declarada que dicta que las criaturas de un *estaminet* deben ser lo bastante grandes como para correr y lo bastante pequeñas como para colarse entre las piernas de los clientes. Ser niño en un pueblo de una zona de guerra debe de tener, por cierto, una ventaja considerable: nadie puede tratar de inculcarles pulcritud. Nunca puede hacerse hincapié en la tediosa máxima «Un lugar para todo y todo en su lugar» si una parte importante del tejado está en mitad del jardín, si el armazón de la cama del dormitorio derruido de un vecino yace medio enterrado en un montón de remolachas y si las gallinas se han acomodado en una fresquera abandonada porque un obús se ha llevado por delante el techado, las paredes y la puerta del gallinero.

Quizá en la descripción precedente nada haga pensar que una bodega de pueblo, las más de las veces un edificio roído por los proyectiles que se encuentra en una calle también corroída por los proyectiles, sea un paraíso con el que soñar, pero cuando uno ha vivido en un desierto chorreante de barro inagotable y sacos de arena empapados durante una temporada no puede dejar de considerar que ese salón de mobiliario humilde, con su café calentito y su *vin ordinaire,* es un reducto cálido, acogedor y cómodo en mitad de un mundo húmedo y medio derretido. Para el soldado que se encuentra en plena migración de la trinchera al alojamiento, la bodega es el equivalente de la taberna en la que hace parada y fonda el nómada de las caravanas de Oriente. Uno entra y sale y se rodea de una multitud de hombres reunidos por el azar, y se hace notar o no según le apetezca; entre la masa vestida de caqui y empolainada de sus propias huestes, uno puede ser tan discreto como una verde oruga en una verde hoja de repollo; puede sentarse sin que lo molesten, a solas o con sus amigos, o si desea hablar y que le hablen puede hallar sin dificultad un rincón en un círculo en el que hombres con insignias muy variadas en las gorras estarán intercambiando experiencias, reales o improvisadas.

Además de la masa de caqui manchado de barro, que va renovándose, existe una población flotante de civiles autóctonos, intérpretes de uniforme y hombres ataviados con atuendos militares extranjeros de distinto tipo, desde soldados rasos profesionales hasta algún que otro rango indefinido de algún cuerpo intermedio que solamente un experto en estos asuntos sería capaz de etiquetar, además de, por descontado, algún que otro representante de ese gran ejército de zapadores de carteras a la aventura, esa gente que pone en práctica sus operaciones de forma ininterrumpida en tiempos de paz o de guerra, por la mayor parte de la superficie terrestre. Uno se los encuentra en Inglaterra y en Francia, en Rusia y en Constantinopla; es probable que tampoco sea difícil toparse con ellos en Islandia, aunque sobre ese punto en concreto no cuento con información de primera mano.

En el *estaminet* llamado El Conejo Afortunado me encontré sentado junto a un individuo de edad indeterminada y uniforme indefinido que, sin lugar a dudas, estaba decidido a convertir la demanda de una cerilla en un equivalente de presentación formal e incluso de aval bancario. Tenía el aire de desenfado poco vehemente, la actitud de afabilidad transitoria y el aspecto de cuervo en plena expedición al que la experiencia ha enseñado a ser cauteloso y la necesidad ha obligado a ser audaz; tenía la caída meditabunda de la nariz y el mostacho, así como el amplio registro ocular que permite mirar de soslayo con gesto furtivo: tenía todo lo que compone la fachada habitual del zapador de carteras en cualquier parte del mundo.

—Soy víctima de la guerra —exclamó tras una breve charla preliminar.

—Para hacer una tortilla hay que cascar algún que otro huevo —respondí con la insensibilidad propia de quien había visto varias docenas de kilómetros cuadrados de campiña devastada y casas sin tejado.

—¡Huevos! —vociferó—. Precisamente de huevos voy a hablarle. ¿Se ha planteado usted alguna vez cuál es el principal inconveniente del tan estupendo y tan útil huevo, del huevo común y corriente que se ve todos los días en el comercio y en la cocina?

—Esa tendencia que tiene a estropearse enseguida suele jugar en su contra —aventuré—. A diferencia de los Estados Unidos de Norteamérica, que adquieren más respetabilidad y más amor propio cuanto más se prolonga su existencia, un huevo no gana nada a base de persistencia; me recuerda al Luis XV de ustedes, que iba perdiendo el favor del pueblo a cada año que vivía, a no ser que los historiadores hayan tergiversado por completo sus hazañas.

—No —repuso el contertulio de taberna con gravedad—, no es cuestión de caducidad. Se trata de la forma, de la redondez. Piense en lo fácil que rueda. En una mesa, un estante, un mostrador tal vez: basta un empujoncito y puede dar vueltas hasta estrellarse contra el suelo. ¡Qué catástrofe para los pobres, para los frugales!

Me estremecí por solidaridad: por aquellos lares los huevos costaban seis sueldos la unidad.

—*Monsieur*, se trata de un asunto que he considerado a menudo y al que he dado muchas vueltas en la cabeza, esa malformación económica del huevo doméstico —prosiguió—. En nuestro pueblecito de Verchey-les-Torteaux, en el departamento del Tarn, cuenta mi tía con una pequeña granja avícola y de productos lácteos de la cual sacábamos unos ingresos modestos. No éramos pobres, pero siempre había necesidad de trabajar, de espabilar, de vivir con moderación. Un buen día quiso la casualidad que me fijara en que una de las gallinas de mi tía, de esas de Houdan con tanta pluma en la cocorota, había puesto un huevo que no acababa de ser tan redondeado como los de las demás; no podía decirse que fuera cuadrado, pero sí que tenía ángulos bien definidos. Descubrí que aquel animal en concreto siempre ponía los huevos con aquella forma.

El hallazgo dio nuevo impulso a mis ideas. Si uno reuniera todas las gallinas que encontrara con tendencia a poner huevos ligeramente angulares y criara polluelos exclusivamente de esos ejemplares, para luego seguir seleccionando y seleccionando, decantándose siempre por las que pusieran los huevos más cuadrados, al final, con paciencia e iniciativa, conseguiría una raza de aves de corral que únicamente pusieran huevos cuadrados.

—A lo largo de varios cientos de años podría llegarse a ese resultado —convine—; con más probabilidad se tardarían varios milenios.

—Con sus frías gallinas septentrionales, conservadoras y lentas de movimiento, podría ser ese el caso —replicó el contertulio con impaciencia y bastante irritación—; con nuestras vivaces aves meridionales es distinto. Escuche. Investigué, experimenté, exploré los gallineros de los vecinos, saqueé los mercados de las poblaciones próximas y siempre que di con un ejemplar que pusiera huevos angulares lo compré; reuní con el tiempo una amplia colección de aves que compartían una misma tendencia; de entre su prole seleccioné únicamente los polluelos cuyos huevos mostraran la desviación más marcada de la redondez corriente. Proseguí, perseveré. Sepa, *monsieur*, que obtuve una raza de gallinas que ponían unos huevos que no rodaban por mucho que uno los empujara. Mi experimento fue algo más que un éxito; se trataba de uno de los mayores inventos de la industria moderna.

De eso no me cabía la menor duda, pero me abstuve de decirlo.

—Mis huevos adquirieron renombre —perseveró el supuesto granjero avícola—. Al principio se vendían como una curiosidad, como algo extraño y original, pero luego los comerciantes y las amas de casa empezaron a ver que eran prácticos, que había una mejora, una ventaja con respecto a la variante tradicional. Logré colocar mi mercancía por un precio considerablemente superior al de mercado. Empecé a ganar dinero. Tenía el monopolio. Me negué a vender a ninguna de mis «cuadraponedoras» y los huevos que llegaban al mercado iban cuidadosamente esterilizados: me aseguraba de que fueran hueros. Iba camino de hacerme rico, bastante rico. Entonces estalló esta guerra que a tantos ha traído sufrimiento. Me vi forzado a dejar a mis gallinas y mis clientes y a irme al frente. Mi tía ha seguido con el negocio como si nada hubiera pasado, vende los huevos cuadrados (esos huevos que yo he ideado, creado y perfeccionado) y se embolsa los beneficios, pero ¿quiere usted creer que se niega a mandarme ni un céntimo de lo que saca? Dice que la que cuida a las gallinas, paga el grano que comen y lleva los huevos al mercado es ella, así que el dinero es suyo. Legalmente, por descontado, me pertenece a mí; si pudiera permitirme ponerle una demanda en los tribunales recuperaría todo lo que han recaudado los huevos desde el inicio de la guerra, muchos miles de francos. Para ello tan solo necesitaría una pequeña suma, ya que tengo un amigo abogado que me lo haría todo barato. Por desgracia, no cuento con fondos suficientes: me hacen falta unos ochenta francos más. En época de guerra, ay, resulta difícil pedir dinero prestado.

Yo siempre había creído que era una costumbre con la que se tenía más manga ancha durante una contienda, y así se lo hice saber.

—A gran escala, sí, pero yo hablo de un asunto muy limitado. Es más fácil organizar un préstamo por varios millones que una insignificancia de ochenta o noventa francos.

El financiero en ciernes se detuvo durante unos momentos de tensión. Luego reanudó la exposición con un aire más confidencial.

—Algunos de los soldados ingleses, he oído decir, son hombres de posibles. ¿No es cierto? Podría suceder que entre sus compañeros de filas hubiera alguien dispuesto a avanzar una pequeña suma; usted mismo, incluso. Sería una inversión segura y lucrativa, que se recuperaría rápidamente...

—Si consigo unos días de permiso, iré a Verchey-les-Torteaux a inspeccionar la granja de gallinas que ponen huevos cuadrados y a interrogar a los comerciantes de huevos de la zona sobre la posición y las perspectivas del negocio —anuncié con seriedad.

El contertulio de taberna encogió los hombros de forma casi imperceptible, se removió en el asiento y se puso a liar un cigarrillo con cara de pocos amigos. El interés que había despertado en él acababa de apagarse de golpe, pero para mantener las apariencias se vio obligado a hacer un espectáculo superficial de la conclusión de la conversación que tan laboriosamente había iniciado.

—Ah, o sea que se irá a Verchey-les-Torteaux a hacer averiguaciones sobre la granja. Y si resulta que lo que le he contado sobre los huevos cuadrados es cierto, ¿qué hará?

—Pues me casaré con su tía.